中俄文学互译出版项目·俄罗斯文库　　少年文学丛书

Изумрудная рыбка: Палатные рассказы
Мандариновые острова

# 祖母绿色的鱼：病房里的故事

[俄] 尼古拉·纳扎尔金　著

刘晓敏　张杰　译

中国国际广播出版社

尼古拉·纳扎尔金（1972—　），俄罗斯当代儿童文学作家。童年时的血友病经历成为他很好的创作素材，《祖母绿色的鱼》短篇小说集和中篇小说《橘皮岛》是其代表作。

# 序 言

赵振宇

"一个人其实永远也走不出他的童年",著名儿童文学家、国际安徒生奖获得者曹文轩先生曾这样写道。另一位国际安徒生奖获得者詹姆斯·克吕斯则说:"孩子们会长大,新的成年人是从幼儿园里长成的。而这些孩子会变成什么样,在某种程度上取决于那些给他们讲故事的人。"儿童文学在个人精神成长中所扮演的角色至关重要,可以说,它为我们每个人涂抹了精神世界的底色,长久影响着我们看待世界的方式。

中国本土现代意义上的儿童文学的产生和发展,在很大程度上得益于五四以来对外国儿童文学的大量译介和广泛吸收。无数优秀的外国儿童文学作品,经由翻译家之手,克服语言和文化的重重阻隔漂洋过海而来,对几代国人的精神世界产生了不可磨灭的影响。其中,俄苏儿童文学以其深厚的人文关怀、对儿童心理的准确把握以及充满诗情画意的语言滋养着一代又一代中国读者的心灵。亚历山大·普希金的童话诗、列夫·托尔斯泰的儿童故事、维塔利·比安基的《森林报》等作品，都曾在中国的域外儿童文学翻译史上留下浓墨重彩的一笔。

苏联解体后，俄罗斯社会、经济和文化等方面均发生了天翻地覆的转折与变迁，相应地，俄罗斯的儿童文学也进入了全新的发展时期。在挣脱了苏联时期"指令性创作"的桎梏后，儿童文学走向了商业化，也由此迎来了艺术形式、题材和创作手法上的极大丰富。当代杰出的俄罗斯儿童文学作家不仅立足于读者的期待和出版界的需求进行创作，也不断继承与发扬俄罗斯儿童文学自身的优良传统。因此，一批优秀的儿童文学作家和作品得以涌现。

回顾近年来俄罗斯儿童文学在中国的出版状况，我们可以清楚地看到，对当代优秀作品的译介一直处在零散的、非系统的状态。我们在"中俄文学互译出版项目·俄罗斯文库"的框架下出版这套《少年文学丛书》，就是为了改变这种状况，希望能以一己微薄之力，将当代俄罗斯最优秀的儿童文学作品介绍给广大中国读者，以期填补外国儿童文学译介和出版事业的一项空白，为本土儿童文学的创作和研究拓展崭新的视野，提供横向的参考与借鉴。

本丛书聚焦当代俄罗斯的"少年文学"。少年文学（подростково-юношеская литература）是儿童文学的重要组成部分，一般指写给 13—18 岁少年阅读的文学作品。这个年龄段的少男少女正处于从少年向成年过渡的关键时期，随着身体的逐渐发育和性意识的逐渐成熟，他们的心理也发生了较大的变化。他们渴望理解和友谊，期待来自成人和同辈的关注、信任和尊重，对爱情怀有朦胧的向往和憧憬，在与成人世界的不断融合与冲撞中开始逐渐形成自己的人生观与价值观。这是个"痛并快乐着"的微妙时期，其中不乏苦闷、痛苦与彷徨。因此相应地，与幼儿文学和童年文学相比，少年文学往往在选材上更为广泛，在人物形象的塑造上更为立体丰满，在反映现实生活方面也更为深刻真实。

需要特别指出的是，少年文学的受众并不仅限于少年读者。真正优秀的少年文学必然是雅俗共赏、老少咸宜的，成年读者也能够从中学习与少年儿童的相处之道，得到许多有益的人生启示与感悟。

当代俄罗斯少年文学有几个新的特点值得我们加以注意：

首先，在创作题材上，创作者力求贴近当代俄罗斯少年的现实生活，反映他们真实的欢乐、困惑与烦恼。许多之前在儿童文学范畴内创作者避而不谈的话题都被纳入了创作领域，如网络、犯罪、流浪、性、吸毒、专制等。在某种程度上，这也是苏联解体后混乱无序的社会现实在儿童文学领域的一种投射。许多创作者致力于描绘少年与残酷的成人世界的"不期而遇"以及由此带来的思考与成长，并为少年提供走出困境的种种出路——通过关心他人，通过书籍、音乐、信仰和爱来摆脱少年时期的孤寂、烦恼和困扰。

其次，在创作方法上，许多当代俄罗斯儿童文学作家勇于突破苏联时期的社会主义现实主义传统，对传统的创作主题进行反思，大胆运用反讽、怪诞、夸张、对外国儿童作品的仿写等多种艺术手法进行创作，产生了一大批风格迥异的作品。在人物塑造方面，众多创作者致力于塑造与众不同、特立独行的少年主人公形象，力求打破以往的创作窠臼，强调每个人物的独特之处。

此外，作家与读者的交流方式也发生了巨大的变化，部分作家借助自己的博客、微博、电子邮件等与读者直接进行交流，能够及时地获知读者的评价与反馈，从而在创作活动中更好地反映现实中的问题，满足读者的需求。

本丛书收入小说十余篇，均为近年来俄罗斯优秀的少年文学作品，其中多部作品曾经在俄罗斯国内外大赛中取得优异成绩，一些脍炙人口的上乘之作（如《加农广场三兄弟》等）还曾被改编为电视连续剧。这套丛书风格多样，内容也颇具代表性，充满丰沛瑰丽的想象、对少年心理的精确洞察和细致入微的描绘，相当一部分作品还深入浅出地介绍了一些专业知识（如《斯芬克斯：校园罗曼史》中的埃及学知识，《无名制琴师的小提琴》中的音乐知识，《第五片海的航海长》中的航海知识等），具有极强的可读性，足以让读者一窥当今俄罗斯少年文学发展的概貌。

本丛书由北京大学外国语学院俄语系 2013、2014 级研究生翻译，力求准确传达原作风貌，以传神和多彩的译笔带领广大读者体会俄罗斯少年的欢笑与泪水，感受成长的快乐与痛苦，以及俄罗斯文学穿越时空的不朽魅力。

# ·目　录·

# 祖母绿色的鱼：病房里的故事

［俄］尼古拉·纳扎尔金　著

刘晓敏　译

# · 目　录 ·

# 关于钓鱼

那天是周五，我和谢雷决定去钓鱼。唉，实际上我们周三就说要去钓鱼了，但是一直拖延到了周五。每周五安德烈·尤里伊奇亲自巡视病房，而谢雷害怕安德烈·尤里伊奇。谢雷谁都不怕，就怕安德烈·尤里伊奇。

但是周五我们决定，明天早上出发，就这么定了。更何况，八号病房的尤尔卡说，从这里到池塘只是一眨眼的工夫。就算是拄着拐杖也可以到，如果你想的话。但是我们不用拄着拐杖，我们是正在康复的人。

另外，周五晚上是家长日。为了不挨护士长的训，所有的甜食都要及时放到冰箱里，不过就算是这样，也完全可以偷偷藏起一些糖果，这样就不用吃面包煎蛋的早餐了。

喝可可吃粥这事只有那些小孩子才做。

"咱把帕什卡叫上吧？"谢雷周五晚上说道。

"亏你想得出来！"我说，"明早没准儿你还会想出什么来！咱们为什么要改变所有计划？"

"不会改的，"谢雷说道，"帕什卡可是个明白人！"

"明白嘛，他当然是个明白人，"我的语气已经不那么确定了。我反对让帕什卡来，这让我感到羞愧，虽然他确实是个明白人，而且他不像某些人那样吝啬自己的书。"但是他拄着拐杖啊。他拄着拐杖能上哪儿去？"

"胡说，"谢雷说道，"尤尔卡说拄拐杖也行，但是轮椅比拐杖更快！"

"那怎么穿过那个窟窿？"我说。

谢雷犹豫了。

窟窿是我们的计划中最重要的地方。这个窟窿在围墙上。因为谁都不准我们走出医院的大门，哪怕我们已经康复几百万倍了。而罗扎利娅·米哈伊洛芙娜还在康复体操课上跟我们说新鲜空气的好处。哈！

不过这个窟窿确实存在，它在水泥围墙的接缝处。尤尔卡说他三月份住院的时候，马斯卡车撞出了这个窟窿眼。我们都不太相信尤尔卡关于马斯卡车的话，因为他怎么也记不住"雀鹰"和"海鸥"的区别。这可是连三岁小孩子都知道的基础知识啊！"雀鹰"的鼻子是短平的，而……

"可以通过吧？"谢雷说。

"唔，可以吧……"我有点怀疑。

我记得那个窟窿很窄。我们自己可以自如地爬过，但是轮椅——这可是轮椅啊。但是我想，如果把轮椅转个方向，那么，也许就能通过了。

"肯定能过！"谢雷确信地说道。

　　他非常希望帕什卡的轮椅能通过。

　　"需要测量一下。"我说。

　　我们陷入了沉思。已经九点半了，十点就要打铃了。今天是莉娜·彼得罗芙娜值班，她是个危险人物，总是坚持查房。"你是哪个病房的呀，孩子？"她总用这种甜兮兮的声音问你，好像她不知道我是二号病房似的，好像她没有一个半月来一天三次地给我打针似的。所以我才在九点这会儿跟伙伴交谈，以便不违反他们愚蠢的规定。

　　如果我们想检查，就得动作快点。

　　这时电话铃响了。纳斯嘉奶奶——她是四号病房舒里克的奶奶，她一直在医院陪着舒里克，因为舒里克年纪还很小，而她还帮着医院的保姆阿姨擦洗地板窗户，还会低声责骂我们，如果我们不小心忘记了自己是在医院里头，而且好孩子应该保持安静和无聊的话——拿起话筒后不久便叫谢雷过去。

　　这是谢雷的妈妈打来的电话。

　　谢雷和他妈妈聊了整整半个小时，因为即便是简单地回答"是""好""不，不疼"，和妈妈的对话也永远不会结束。妈妈们总是希望知道各种各样愚蠢的小事：早餐吃了什么，有没有弄脏格子衬衫——"如果弄脏的话就穿那件蓝色的，记住了吗？蓝色衬衫在床头柜的第二层里。脏的衬衫放到袋子里。但是别拿装桃子的袋子！我太了解你了，你可是……"——诸如此类。

所以我们没能来得及在打铃前去测量。

我躺在黑暗中，脑子里想着钓鱼、窟窿和轮椅。我知道，如果不清楚具体情况的话，我无论如何也睡不着。我从床上爬起来，穿上训练裤，来到走廊上。莉娜·彼得罗芙娜现在也许正坐在护士房里看电视节目《时间》结束之后播放的电影。所以我并不需要过于小心翼翼。

在走廊里我遇到了谢雷。他正在用一根绳子量轮椅的大小。

"太棒了！"谢雷小声叫道，"轮椅就这么大，我在这儿打了个结。"

"那窟窿有多大？"我问道。

"不知道，"谢雷说，"好像大一点……"

"应该去测一测。"我说。

"应该。"谢雷说。

我们在走廊上多站了一会儿，因为打铃之后的走廊已经完全不是打铃之前的走廊了。清楚这点是有必要的。

然后我们就往栅栏那儿走去。我们很轻松就走出了医院大楼——我们知道，一层楼的后门是关着的，"不是给诚实的人走的，"纳斯嘉奶奶这样说。大街上已经很亮了，因为已经到夏天了。

但是光线并不像白天那样明亮。也许，正是因为如此我们才迷了路。我们走到了栅栏边，但是接下来往哪儿走——不知道。

"向左走！"谢雷说。

"怎么能向左?!"我叫道，"池塘那边放着很多箱子。你往左看到箱子了吗？"

"但是往右那儿有？"谢雷反问道。

没错。往右也没有箱子。那就随便走吧！

我们选择向左。也许，是因为谢雷的语气更坚定。我们也确实找到了窟窿。那根标记着轮椅宽度的绳子也惊人地能通过窟窿！的确，并不能非常顺利地通过，但是我们认为，可以一点一点地把轮椅展开——万事俱备。

哎！好极了！我和谢雷在窟窿边的箱子上多坐了一会儿，想象着早上来到池塘边的美妙情景。钓鱼竿我们当然是没有的，但谢雷觉得，只要去求求那儿的渔夫，怎么都能让他们把自己备用的钓鱼竿借给我们。我同意他的观点——如果一个渔夫暂时陷入困境，其他渔夫一定会理解他、帮助他的！也就是说，明天……

可第二天我们睡过头了。

# 婚礼班车

我们的住院大楼是五层楼。因为它很老旧，早在战前就建好了。这栋楼甚至还有地下防空洞，可是不许我们进入那里。尤尔卡说那里藏着很多尸体，是医院停尸间放不下才转移过来的。他们就这样躺在里面，也没有人来埋葬他们，因为这些都是秘密尸体。我们的医院有很多秘密。但是我们感到有点疑惑：如果这些尸体是秘密的，而尤尔卡又是诺沃克利亚济明斯克耶① 人，那么尤尔卡究竟是从哪儿知道关于这些尸体的事情的？

但那里的大门任何时候都是关着的，所以到那儿去没什么意思。更何况，那儿有一桶半升装的黄瓜，满满的全是黄瓜。也没有人见过任何人在那儿抽烟。

纳斯嘉奶奶和其他保姆一起分发早餐时，她向保姆们说道，安德烈·尤里伊奇为了逮抽烟的人，甚至发动过突袭。我想象着安德烈·尤里伊奇发动突袭的场景——他很胖，很高，同时还有一副大嗓门。我要是抽烟的人，我宁愿躲在防空洞的尸体堆中也不让他逮住。

最有趣的地方在这栋楼的高处。我指的不是最高层——那儿也不让我们进去，那儿有会计处和其他一些没意思的玩

---

① 诺沃克利亚济明斯克耶，俄罗斯伊万诺夫州的一个村庄。

意儿，我指的是第四层。因为那儿有门，门后有个很好玩的三级台阶，沿着台阶上去便是通往新楼的过道。

喏，就是这条过道，它像磁铁一样吸引着我们。

因为我们楼里的所有窗户都面向医院的大院子。医院的院子里有啥好玩的呢？"急救车"开进来已经是很大的一件事了，而要是往车里装氧气瓶，所有病房里的人都会趴在窗台上看。因为，万一氧气瓶掉到地上，那得有多可怕！……有趣得很。

不过这也就发生在早晨和白天而已。如果没什么好玩的事情发生，我们在早晨和白天就无事可做。但是每当电视里播放《玛莎和维嘉历险记》或者是托里克就快要将谢雷的军时——我们就要开始接受治疗了。绷带、滴瓶……难道就找不出其他时间吗？

过道上的窗外能看见街道。街道上行驶着许多汽车，如果你站在窗前，额头紧贴着冰冷的玻璃，全神贯注地盯着街上的车辆，你就能稍微忘记你是在医院。

想象一下，如果爸爸妈妈决定买下真正的"扎波罗什人"牌轿车，那么明年的夏天——谁知道呢！——也许，我们会开车去雅罗斯拉夫尔的奶奶家，或者去克里木——开车到那儿也就一眨眼的事，可不像坐火车！

但是你没法在窗前站太久——玻璃太冷了，而且莉娜·彼得罗芙娜或者卡佳·瓦西里耶夫娜瞬间就会知道：她们会把手放在你的额头上，然后像背书似的一口气说道："又在楼里乱跑了？唉，跟你说了多少遍……"

她们懂得什么！她们每天都乘地铁、坐公交，卡佳·瓦西里耶夫娜还坐电气火车回她在波多利斯克的家……

所以去过道时最好和某人一起，但是随便找个人一起去也不行，应该要找明白人。我喜欢和谢雷一起去，或者和托里克一起。帕什卡现在还不行，虽然他也是个明白人——我们没力气在台阶上拉轮椅。

但是安德烈·尤里伊奇承诺过，再过两周——"就能活蹦乱跳啦，年轻人。像个骑手那样。喜欢跳来跳去，对吧？你喜欢，我知道，现在我们还需要在这儿稍微休息一下……"

但这是以后的事了。现在我和谢雷一块走着，或者和托里克。当额头完全冻僵时，我们就开始玩"猜汽车"的游戏。不是猜汽车的牌子——这是给一年级的人玩的，而是猜谁开车去哪里以及为什么去。

瞧，刚才经过一辆拉沙子的吉尔，毫无疑问是开去建筑工地的。而那辆崭新的红色"一戈比"小轿车里坐着某个投机商人或骗子。除此之外，我们计算多少秒之后经过一辆警车，或者更好的，一辆黑色的"伏尔加"小轿车。开黑色"伏尔加"的人都是"穆尔"①里最厉害的警察，这一点我们都知道。我们还等着，没准儿哪一天能看到警察开着"伏尔加"追踪坏蛋……

但是我们还有一个特殊的谜语——班车。

这是一辆非常漂亮的崭新的"伊卡鲁斯"客车，车身外装饰着许多小灯，车内的窗帘都被拉了下来。每天晚上它都经过这条街——先往那边去，之后再原路返回——每天就只来回一次。

第一个发现它的是托里克。

"哇哦！"他叫道。

"哇哦！"我也叫道。

我们看着这辆班车飞驰着穿过街道，消失在楼房的背后。

"真厉害！"托里克说。

"就是啊！"我说。

我们还站在窗前，那辆班车又开了回来。车上的灯这时都已经灭了，只有车顶边缘的一串小灯还亮着。

"真好玩，这辆车是做什么的？"托里克说道。

但是我们并不知道，之后谢雷也看到了这辆班车，他也

---

① 莫斯科刑事调查部。

不知道。

我们就这样走着，看着，疑惑着。突然间托里克说道：

"我猜到了！这是一辆婚礼班车！"

我感到很惊讶，我怎么就猜不到呢？这多简单——婚礼班车！那天参加维拉姑奶奶——妈妈的姑妈——的葬礼，我坐的是出殡车。那辆车很小，车身外装饰着黑色的绸带。我从来没坐过婚礼班车，但它应该是很大的车，并且还要装饰着很多的灯泡。因为是去参加婚礼嘛，人数当然会比参加葬礼的多。

于是我们开始每天等着看这辆婚礼班车经过。它一直很准时，周一、周二、周三、周四和周五都来回经过两次，而周六这天它来回经过整整四次——两次去那边和两次原路返回，唯独周日它不出现。

我们看着这辆车，但是猜不出谁在这辆车里。当然啦，有新郎和新娘、亲戚们、妈妈们、爸爸们……猜他们现在在车里做什么更有趣。谢雷已经参加过他姐姐的婚礼了，而托里克更是参加过他的两个姨妈的婚礼，所以他们晓得，在婚礼上所有人都唱歌。所以我们猜现在这辆婚礼班车里的人们正在唱歌。托里克一直坚信车上的人唱的是"哈兹布拉特"，而我认为，车里有时会唱一些更有趣的歌——例如，关于施

季里茨 ① 的 "瞬间" 的歌曲……

我出院之后，妈妈告诉我，现在家里住着我的一个堂妹，她来自明斯克，在合唱团里唱歌。接着我们到地铁站去接从合唱团回来的堂妹。那时朝我们驶来一辆很大的崭新的 "伊卡鲁斯"，车身外装饰着彩灯，车内的窗帘都被拉了下来，合唱团的女孩子们从这辆车里走了下来。

从我们的婚礼班车走下来呀！

我被打击到了。

当我们坐地铁回家时，我小声地问柳德卡，她们在车里都做些什么。她说，她们就只是在车上坐着而已。但我又问，既然她们是合唱团的人，也许她们还唱些什么吧？她说，她们唱施季里茨电影里的歌。

所以我还是多赢了一点。

---

① 施季里茨是苏联电视剧《春天的十七个瞬间》的主人公，剧中他是苏联安插在德国的间谍，他长期潜伏于后方，多次化险为夷，为苏联提供了很多重要情报。

# 祖母绿色的鱼

绿彩笔丢了，这都怪谢雷。当然，这也不是他的错，但反正都一样。谁把绿彩笔给了尤尔卡？是谢雷给的。

也不能对他说什么。因为他只要看一眼——如果别人认真地向你借，你怎么能不借呢？——就这样了。换作是我，我也会借，而这是最让人感到难堪的。

也不能责怪尤尔卡，因为他也没错，他只是个笨蛋。他把绿彩笔放在床头柜上，就这么明显地放在柜子上，而莉娜·彼得罗芙娜正好巡房进来查看该死的温度。我问您，谁在医院里量体温？只有那些随身携带体温计的人。第四病房的舒里克正在量体温，因为他奶奶在旁边。而其他人——反正都是在医院里躺着，如果有必要的话就接受治疗。居然还要给他们测体温！

事情就这样发生了。莉娜·彼得罗芙娜看见了绿彩笔——咻！她一把把绿彩笔抓进了口袋里。因为这是药品，不应该在床头柜上。

而我们怎么办？没有了绿彩笔，得了，完蛋了。没有绿彩笔，整个第五层的人都会嘲笑我们。因为无色鱼——这可是耻辱。这比完全不上色还要严重。最好跟那些小毛孩一样，用湿漉漉的输液管编出一条鱼来……

他们用输液管编出一条条的小鱼，以便让您知道这是编出来的。长长的，细细的，黄色的，几乎透明的管子——来吧，如果想象力足够的话，尽管编吧。

不过需要注意的是，如果仅仅像一年级小学生那样编的话，您的鱼就会膨胀然后坏掉——太可怕了。所以我们需要事先做好充足的准备。

呐，我们已经做好准备了。我和托里克白白把这该死的输液管藏到床底下，以便让它延伸、晾干和发白了。我们白白去五楼从那些"小猪"的鼻子底下取得我们缺少的东西了……

"或者，我们编个骑士吧？"托里克问道。

"骑士嘛……骑士需要三个过滤器，开始我们把所有的过滤器都换掉了。谁知道呢？"

"那或者……"谢雷还没说完就沉默了。

除了骑士和鱼之外，我们会编的也就只有小鬼了。可是小鬼这玩意儿连编织都不算，不过是胡闹：一块原木作身体，一块小方木作头，把原木上突出的部分修剪到合适的长度——瞧，手、脚和带耳朵的角就做好了。然而，给小鬼装眼睛和尾巴，然后将所有部件固定在一起——这些事不用学都会做……

因此谢雷沉默了。他提不出建议，因为没什么可提的。但他又不能不提，因为他觉得自己有过错，因为绿彩笔丢了，也因为自己没能够帮上忙。虽然他在这件事上完全没有错：他左手正打着石膏呢，一只手怎么可能帮上忙？

我们坐在走廊里，这是住院医师办公室外的一个死角处。这儿有一棵棕榈树，树的背后则是窗台。托里克无时无刻不在抽搐——他的肾不舒服。如果莉娜·彼得罗芙娜发现我们坐在窗台边，她会立刻开启说教模式："你会受凉的，你会被风吹着的，你都在想些什么呀！……"

托里克想着鱼的事。他带着这两个肾已经活了快十二年了，他总能够忍受这五分钟的。

但是没有绿彩笔，这意味着没法给输液管上色。我们没有得到梦想中的华丽的祖母绿色小鱼——整齐拼接的鳞片，圆圆的眼睛，还有缠绕在铅笔上的鱼鳍和鱼尾！——取而代之的却是难看的无色鲫鱼。而眼下又是什么肾和体温的问题……

该做出决定了。

"我好像在门诊部里见过绿彩笔。"托里克说道。

门诊部在新楼的第一层。但是白天不让我们去：这些医生们规定的，而我们一点地位都没有——晚上它就关门了。

"咱们跟纳斯嘉奶奶求求情吧？"谢雷绝望地说道。

"她会说，我们会拿绿彩笔弄脏整个地板，而她却要负责清理。"我闷闷不乐地说着，因为我们的处境非常糟糕。但是在糟糕的处境下需要采取极端的措施。

"这样吧，"我说道，"没别的办法。需要弄到绿彩笔，绿彩笔就在十二号病房的那个红毛丫头的手里……"

所有人都不说话。因为十二号病房在第五层。去女孩子们的病房——没人愿意。

"我去！"谢雷说。

他非常希望能为我们做些什么。

但是我们没说话。因为我们不想到"小猪"那儿去。

"我出发了。"谢雷说道。

……半小时后他带回了绿彩笔，眉头紧锁着。

"给，"谢雷说道，"她叫萨莎。来涂色吧，来剪吧……"

于是我们开始涂色和剪切。涂色一点都不难：把绿彩笔倒入输液管里，挤压输液管末端并转动输液管，让颜色涂抹得更均匀。唔，再把多余的液体倒出并烘干。

我们就在暖气片上烘干。这里没人会发现，而且很暖和。

剪切比较难。应该沿着长度剪，以便将管子剪成又长又有弹性的带子。

祖母绿色的带子。

谢雷看了一眼就皱起了眉头，他还在为他差点弄砸一切而感到难过。

"别难过，"托里克安慰道，"不管怎样这都是我们的小鱼。"

谢雷没说话。

"对了，你对那个红毛丫头撒了什么谎，好让她把绿彩笔给你？"我问谢雷。

"我说我把肚子划伤了。"谢雷回答道。

他表情十分忧郁，就好像他的肚子真的痛了起来。

我不说话了。在医院里头没有什么比为了获得好处而装病撒谎更差劲的事了。但他可是为了我们而撒的谎呀！没有绿彩笔的话我们就完蛋了！

编织小鱼的过程中我们累得汗流浃背——就像纳斯嘉奶奶说的那样，七颗汗珠都掉了。不知道，也许吧，我觉得从我身上掉出的汗水比他们还多一倍。不过最终还是编好了。

我们把小鱼挂在棕榈树上欣赏。小鱼悬挂在空中，摇晃着，阳光在它的侧面玩耍……

但是我们并不感到快乐，因为我们做出来的不是祖母绿色的小鱼。只是普通的绿色小鱼而已……

谢雷连看都不看一眼。

"不好，"托里克嘟囔着，"这只愚蠢的小鱼……"

然后我们就各自散开了。谢雷最后一个离开。他把这只愚蠢的小鱼攥在手里，我知道他在想什么：把它送给那个十二号病房的红毛丫头萨莎或者赶紧扔掉……

# 明天的香肠

今天是周二。也就是说，明天是周三。每周三的早餐不是奶酪，不是鸡蛋，也不是那愚蠢的牛奶面条——每周三的早餐发的是香肠，两根。

香肠是挺不赖的早餐。虽然总体而言我对香肠并不是特别喜欢。我喜欢肉饼和熏肠。但香肠总好过鸡蛋或奶酪，更好过那愚蠢的牛奶面条。

没错，香肠做早餐——这很好。但前提是你得住在三号病房、五号病房、九号病房……哪间病房都好，就算是"小猪"的病房也可以，只要不在我们这儿，不在二号病房。

因为我们病房里住着一个多吉克。

多吉克是新来的，我从来没和他一起住过同一间病房。他是乌拉尔那一带的人。还有他超级热爱香肠，只要一看见香肠，他就浑身颤抖。

多吉克已经打听清楚了，每周三早餐发香肠。可是两根香肠对他而言远远不够，所以到周二这天他便开始行动。

我躺在床上，跷着脚，想着艾凡豪①。上一次家长探视时，也就是上周五，妈妈带给我一本书。我想慢慢读到下周五，

① 1952年美国电影《Ivanhoe》（中文名称：《劫后英雄传》）中的主人公撒克逊英雄艾凡豪。

但是没忍住——今天就全部读完了。唉，我真是没志气……

与此同时，我用眼角看了一眼多吉克，他开始坐立不安。他坐在床上盘算着什么。

我知道他盘算着什么。他在想：是现在就来跟我们讨要明天发给我们的香肠呢，还是再等等？如果现在就问的话，那么到明天早晨还早着。而且万一我们忘了曾经答应过要给他香肠呢？但是话说回来——我们才刚刚吃完晚饭。一个人刚吃饱后会变得善良，也不那么想要明天的香肠了。

我一边想着艾凡豪，一边想着多吉克。他们在我的脑中互不影响。

我想：要不要画骑马的艾凡豪呢？一方面，我很喜欢他；另一方面——为什么他娶的是那个愚蠢的路文娜，而不是丽贝嘉呢？……丽贝嘉是个很不错的姑娘。

多吉克下了床，开始在房间里来回踱步。双胞胎伊万诺夫两兄弟坐在地板上，在为积木的事吵架。他们的积木很破旧，积木上所有重要的图案细节都磨损掉了，根本找不出一个完好无损的来。但这对双胞胎兄弟才七岁，他们懂得什么积木呀！

多吉克来回踱步的时候不得不绕过这两兄弟一大圈，或者从他们中间跨过去。伊万诺夫两兄弟不肯共用一块有洞的长条积木，两人现在正你看着我，我看着你，鼻里发出咝咝的响声，准备开战。我想：如果能够用这些长条积木当长剑，拿食堂的托盘当盾，把这两兄弟武装起来，组织一场武士比赛，那该有多棒！在其中一个托盘上画一只鹰，在另外一个上面画一头狮子。或者什么都不画，把它们涂黑后在上面写……

多吉克决定好了。他走到我的床边，痴痴地看着我的眼睛。我们的房间里有六张床，但是现在有两张床是空的。只剩下我和伊万诺夫两兄弟。可是伊万诺夫们正在比赛中，也就是说，我是第一个牺牲者。

"亲爱的柯利亚，我想了想……"多吉克开口说道。

不，我绝对不会把我的香肠送给一个怎么都记不住一件重要事情的人，那就是我只能忍受妈妈和姐姐叫我"柯利亚"这个小母狗才有的名字！

我骄傲地保持着沉默。我起身，穿上鞋，走出房间。

"求求你了，柯利亚！"多吉克拽着我。

如果我是黑骑士的话，我会以古老而伟大的英格兰的名义召唤邪恶的香肠掠夺者。可是多吉克怎么会晓得古老而伟大的英格兰呢！他只关心明天的香肠……

我走到住院医师办公室外的墙角处。托里克已经在那儿了。谢雷现在在南方，在阿纳帕①。真好。

"嗨。"我说。

"嗨。"托里克回应道。

"还好吗？"我问道。

"还行。"托里克回答。

我们沉默了一会儿。我想着多吉克，想着香肠，想着黑骑士……顺便说一句，为什么丽贝嘉不嫁给黑骑士呢？这完全正常……

"帕什卡被安排到四号病房了。"托里克说道。

"啊！"我说，"他怎么了？"

"他的腿又受伤了。"托里克说。

"他的腿还真不走运呐。"我说。

"确实不走运。"托里克说。

然后我们又沉默了一会儿。我想再回过头想黑骑士，可是脑子里却想着帕什卡。也就是说，他在四号病房。而五号病房里有来自第聂伯罗彼得罗夫斯克的罗姆卡。六号病房里——来自达吉斯坦的阿尔门和古尔根。七号病房里……

"我想到了！"我说。

———————————————
① 俄罗斯克拉斯诺达尔边疆区的一个城市，是黑海沿岸的度假胜地。

托里克也马上明白我想到了一些重要的事情。

"我知道该如何让卑鄙的香肠贪婪者多吉克永远放弃他那卑鄙的手段！"

"怎么做？"托里克问道。

"跟我走！"我说。

我们到每一间病房里串门。每一间病房里都有认识很久的"我们的人"。我们走进病房内，和他们庄重地握了握手并交谈了一会儿，像高贵的骑士那样。

我有一个计划。

我收集香肠。

明天的香肠。

我想到，如果收集到一百根……嗯，用不着一百，五十根香肠吧——多吉克到时候一定会又馋又气。活该他那黑暗的香肠心！

如果有谁不认识多吉克，那他肯定认识我和托里克。他知道，我们绝对不会为了不高尚的事而拿走他们的宝贝香肠。

我派托里克去跟纽拉奶奶借食堂里的托盘，纽拉奶奶是今天的值班保姆。她认识托里克，觉得他是一个懂事的好孩子，跟我不一样。这个嘛，骑士不必因为自己的荣誉感到害羞……

等到明天早晨，吃早餐时，我们就跑遍所有的病房并收走我们的，也就是多吉克本想拿走的香肠。嘿，赶紧天亮吧……

可是早晨托里克没有出现。跟托里克在同一间病房的弗拉吉克小家伙说，昨天晚上托里克身体开始不舒服，然后他就被搬走了。我没有惊慌，而是立刻走到厨房门口——卡佳·瓦西里耶夫娜应该很快就要换班了，所以她现在也许在喝茶。

我探头进厨房，问道："托里克他怎么了？"

"他搬到七楼去了，在新楼里，"卡佳·瓦西里耶夫娜答道，"右肾大出血。"

我点了点头。七楼——那里是康复区。

"唉，上帝啊！"纽拉奶奶和卡佳·瓦西里耶夫娜一块儿喝茶时突然不安地说道，"他昨晚还在这儿跟我要什么托盘呢！……"

这些大人有时候很奇怪。昨天又蹦又跳，今天就躺下来了。这有什么大不了的？我们这里的人都是这样。没什么，大家都去过七楼，现在不也好好地跳来跳去嘛。骑士应该勇敢地直面自己的命运。

　　这很正常。

　　多吉克今天一根香肠都没吃到——他被转到五号病房，那儿只能吃乳制品。

# 四升半

我们坐着，回想当年，我们多么小。

"你还记得吗，"帕什卡说道，"我们因为血的事情吵了起来？"

"你说的是第一次吧？"我说，"当然记得啦。"

我们俩是坐在一起缠绷带时才第一次见的面。血渗了出来，染红了我的绷带，于是我俩就开始聊关于血的事情。

"我那时候说，"帕什卡说道，"有一次我流了整整一升的血！"

"可我说，"我回应道，"我流过两升的血！"

"可尤尔卡说，"帕什卡笑了，"有一次他流了五升的血！"

没错，确实记得呢。那时我们就吵了起来。因为一个人体内只有四升半的血。如果尤尔卡流了五升血，那么他早就不是人，而是干枯的木乃伊了。"就是说呀！"帕什卡那时叫道，"如果你流了五升血，那多出来的半升你从哪儿弄来的？！"

"那时尤尔卡说，人体内无时无刻不在制造新的血，"我说道，"当他流出旧的血时，新的血已经在体内生产出来了。"

没错，所有事都是这样的。当然啦，我们不相信尤尔卡说的话。难道我们是傻瓜吗？不过这个时候安德烈·尤里伊奇碰巧从包扎室里走了出来……

"我们当时大声喊了起来！"帕什卡叫道。他正好也回忆起了这段。"安德烈·尤里伊奇，当旧血流出时，人体内还在不断地生产新血，您说是这样吗？还有，人可以流五升血吗?!"

"可是安德烈·尤里伊奇当时吓坏了！"我笑道，"他以为我们流光了血呐！赶紧叫卡佳·瓦西里耶夫娜过来呢！"

"不是这样的，那时卡佳·瓦西里耶夫娜还没上班，"帕什卡纠正道，"那会儿是莉娜·彼得罗芙娜值班。"

"哦对，没错，是莉娜·彼得罗芙娜。"我说道。

"不过之后他跟我们解释清楚了，"帕什卡回忆道，"当然啦，尤尔卡全部搞混了！"

"而且还撒谎。"我补充道。

"而且还撒谎。"帕什卡说，"他从来没有流过五升血！他只在得胃病时流过两升半的血。"

没错，胃出血——这可不是闹着玩的！立马不是变成木乃伊，就是变成鬼魂。白绿色的。

"我们当时多笨啊！"帕什卡说道，"这点东西都不知道！"

"没错。"我说，"这有什么难懂的？但我们不过是因为太小了而已。这没什么，大家都一样。但如果说我们现在还颠倒事实，比如弄不清什么是白细胞和淋巴细胞的话……"

"嗯，那我们就真的是笨蛋了！"帕什卡说，"怎么会不知道?!"

"也许人……唔，不需要知道呢？"

这是托里克说的。他一直坐在我们旁边，只是在看书，没说话。没想到他突然间冒出这么一句话来。

"怎么会不需要呢?!"帕什卡惊讶地说。

我也很惊讶，但是没说什么。

"唔，是卡杰琳娜说的……"托里克说道。

一切都明白了。他爱上了这个卡杰琳娜，不幸的未婚夫啊！

"她不过是，"帕什卡说，"唔……一个女孩子而已！"

不要和恋爱的人说这些简单的事情，唔，大家一般都知道！如果第一次住院时没记住这一点，至少第二次住院时要记住。

# 西瓜、奶渣和腊肠

我们这儿实施临时隔离。

这意味着，医院不让妈妈们来看我们。就连爸爸们也不让进，爷爷们也不让进，奶奶们也不让进，姐姐们也不让进——这反倒好。但是爸爸们、爷爷们、奶奶们和姐姐们来的次数少，妈妈们来的次数多。所以妈妈们正站在楼下和保姆丝维塔阿姨吵架呢。

我们坐在四号病房的窗台边，看着楼下所有人。四号病房用来观察医院院子里的情况最适合不过了。我坐着，托里克也坐着，而帕什卡躺在床上——他的腿正被吊着呢——他问我们：

"那边怎么样了？"

"没啥，"我说，"大喊大叫。"

窗户被关起来了，但是仍然能看得出来楼下的人在大喊大叫。特别是托里克的妈妈，喊得特别用劲。还有一个妈妈也在喊，她有点胖。而其他人在她们身边助威，我的妈妈也在助威。但是丝维塔阿姨不放妈妈们进来，她有护士长下达的指令，而护士长有安德烈·尤里伊奇下达的指令。因为现在流行性感冒正流行。

吃过早饭后，尤尔卡向所有人提了一个问题："这个流行性感冒又没有腿，它是怎么流行的呢？"谁回答不出来就要把自己的午餐糖煮水果给尤尔卡。他唯独没有问我，因为这个问题是我出的。上次妈妈来看我时就把答案告诉了我，当时流行性感冒已经开始流行起来了，但还没有实施隔离。

但是赢午餐糖煮水果的主意是尤尔卡自己想出来的。但他什么也没得到，因为早在我知道答案后就告诉了所有人。要想赢糖煮水果，就得自己想问题。

所有妈妈们都在楼下叫喊着。她们向丝维塔阿姨展示自己的手提包、袋子和纸包，里面也许放着各种好吃的东西——给我们的。

托里克的妈妈展示了一个印有普加乔娃的大手提包。手提包圆鼓鼓的。

"可能又是西瓜。"托里克说道。

他不高兴，他不想吃西瓜。他已经吃了一百万个西瓜了——为了他的肾。

我妈妈的袋子很大，是白色的。我也知道袋子里有什么。奶渣。我讨厌奶渣！我想要腊肠。硬的，烟熏的，有很多圆形的脂肪块。要是能吃到哪怕一丁点儿——就算是牙齿我都愿意折断。不过我真的弄掉了牙齿。唔，当然不是真的折断啦——只不过我的两颗牙齿被拔了出来，安德烈·尤里伊奇不准我吃硬邦邦但好吃的东西。"奶渣非常有利于青少年身体的发育，女士！您可以多给这位小公民吃些奶渣……"他这样跟我妈妈说，而只要是安德烈·尤里伊奇说的，我妈妈就一定全部照办。说老实话，妈妈就跟一个小女孩似的！

"我讨厌奶渣，"我说，"帕什卡，你妈妈有没有答应给你带腊肠？"

"答应了。"帕什卡说。

多好啊，坏的是腿，而不是牙齿！可以想吃多少腊肠就吃多少。

"可她在哪儿呢？"托里克问道，"我怎么看不到她。"

我仔细地看着楼下的妈妈们。没错，确实看不见帕什卡的妈妈。想要发现她非常困难：她个子很小，还围着头巾，就像是课本里头的农妇。但如果认真寻找的话还是能看见的。但现在——没有。

"你妈妈不在，帕什卡。"我说。

"她上次跟你打电话时说了什么？"托里克问。

"她说她会来。"帕什卡答道。

"她会带腊肠吗？"我问。

"对呀。"帕什卡说。

他的语气听上去很可怜。妈妈没来。当然，隔离归隔离，但是过来一下和其他的妈妈们一起喊一喊也是可以的啊，对吧？

我们看着楼下的人：万一我们遗漏了不起眼的帕什卡的妈妈呢？虽然没有看到帕什卡的妈妈，但是看到了他叔叔。他的个子好庞大，他的胡子——像军人的胡子。他穿的制服也像军人一样——蓝色的。

"水兵。"托里克说。

"是水兵才怪，"我反驳道，"你才是水兵！这是飞行员、工程师——你看到他袖子上的徽章是什么样的吗？"

关于飞行员我什么都知道，当然啦，虽然工程师不完全是飞行员。歼击机驾驶员——比飞行员更飞行员，我觉得。

楼下的飞行员正在和丝维塔阿姨交谈着。他没有叫喊，而是交谈。突然间丝维塔阿姨就让他进来了！

我觉得，他应该是丝维塔阿姨的亲戚——比如说，是她的孙子，或者其他什么人。我正想着，他就走进了我们病房，也就是四号病房。

帕什卡尖叫着："斯拉瓦叔叔！"

原来，他是帕什卡的叔叔。只不过不是直系的叔叔，而是远房叔叔，来自哈萨克斯坦。但远房叔叔们更好玩，更有趣。而远房飞行员叔叔——或者工程师叔叔，唉，管它呢！——更是有趣一百万倍。

斯拉瓦叔叔把妈妈们的袋子都拿了上来。丝维塔阿姨让他进来，因为很明显——他这么健康，是不会有流感病毒的。这一点连丝维塔阿姨都知道：谁可能有流感病毒，谁没有。斯拉瓦叔叔身上什么流感病毒都没有。

他把妈妈们的袋子分发给我们。我的袋子里是奶渣，毫无疑问。纸包里还有些糖果，我还能吃点儿，前提是要闭着眼很快地吃下去。

我盯着帕什卡拿到的腊肠。腊肠装在小盒子里，一片片棕黄色的烟熏腊肠，腊肠上有很多圆形的脂肪块。托里克则盯着我的奶渣看，他不能吃奶渣，因为奶渣的脂肪含量太高。

斯拉瓦叔叔见我们互相盯着对方手里的东西，他说："孩子们，我都明白，但是你们的妈妈们吩咐我看着你们，让你们吃掉专门为你们准备的食物，而且不许交换。你们觉得，我能违反指令，欺骗伟大的妈妈们吗？"

他不能，这点我们能看得出来。

我转过身去，这样就看不见腊肠了。

托里克吃着斯拉瓦叔叔切给他的西瓜。我们一言不发，因为正听着斯拉瓦叔叔向我们介绍涡轮机。涡轮机有我们的房子那么大，或者比房子更大一点，这个我是知道的。但原来也有很小的涡轮机。虽然小，却是真正的涡轮机！

我们听着斯拉瓦叔叔讲话。我一点也不想吃那根很硬很硬的、带有许多圆形脂肪块的烟熏腊肠了……

# 噢，夫人！

在医院里最坏的事情莫过于生病。我指的不是像出血或者其他类似的正常情况，而是那该死的流行性感冒。也就是说，如果只是生病，这还没什么。最糟糕的是有人给你量体温。而且如果体温不幸达到 37.5℃——什么都别说了，进隔离室吧。

隔离室在医院的二楼。隔离室的房间跟普通的病房一样，就是小了一点。里面只能住一到两个人。住在隔离室里的人哪儿都不让去！也就是把你完全关起来。你就躺在床上静静地死去吧。当然不是因为流感死的，而是无聊死的。

这都要怪帕夫利契科！我当然知道，他是个小气鬼，是妈妈的宝贝儿子，却不知道他居然是全世界最小气的小气鬼里头最小气的小气鬼。他就把《三个火枪手》借我看完又能有什么损失？我看书的速度可是很快的，而且从来没有让茶水溅到书上过，难不成我得了这个该死的流感是我的错吗？"你在隔离室里，估计得住上好长一段时间吧，而我很快就要出院了……"叽叽叽！奶妈的宠儿！难怪纳斯嘉奶奶这么叫他："帕——夫利契科！"呸，见鬼去吧，让我一个人在这里受罪……

隔离室里住了两个人，我和瓦西里琴科。他就是这么做自我介绍的。也许他觉得自己是个大人吧，但他就比我大了一岁。唔，或者大两岁。因此我也只告诉他我的姓："喀什金。"但这又何必呢?!

到了晚上。吃了药，量了体温。这儿很严格，只要体温没有降下来，怎么都不会放你出去的。就算没有书，也得乖乖坐在这儿。

很快就要打铃熄灯了。唉……

"为什么叹气呢，喀什金朋友？"瓦西里琴科问。

"没什么，"我说，"我没有叹气。"

"但是我刚才就叹气了，"瓦西里琴科对我说道，"明天就是周五了，喀什金朋友。也就是说，明天斯维特卡本应带望远镜过来给我的，而我却在这里。"

"是真的？"我感兴趣地问道，"望远镜？"

"嗯，那可不是玩具哦，喀什金朋友。"瓦西里琴科轻蔑地笑了笑。

我瞬间羡慕起他来，他居然有真正的望远镜。透过这个望远镜，没准，就能看到比邻星！我是在《三个火枪手》里头了解到望远镜的。有望远镜也没什么了不起的，更何况《三个火枪手》比望远镜更好。但是为了不让他发现我羡慕他，我问他："你为什么要叫我'喀什金朋友'？"

"那还能怎么叫呢？"瓦西里琴科惊讶地问道，"难不成，叫阁下？不，你还配不上这个称呼。"

"你也看《三个火枪手》吗？"我问他。

"当然啦！"瓦西里琴科高兴地说道，"难道你不看吗？"

"唉，"我叹了口气，"我还剩一点没看完。只怪那个帕夫利契科，最小气的小气鬼，书都不舍得借！"

"原来如此！"瓦西里琴科明白地点了点头，"深表同情，喀什金朋友。真是一件让人不开心的事。"

"就是说啊，"我继续沮丧地说道，"只差一点点就看完了！他们把夫人的头给砍了！可我……"

"等等，"瓦西里琴科吃惊地问道，"你什么都不知道吗？"

"不知道什么？"我疑惑地问他。

"全书最精彩的部分正是从这里开始！"瓦西里琴科说着，躺到床上，看着天花板。他好像很享受。

嗯，我也不说话。我自己给帕什卡和谢雷已经讲了一百万个故事。我很清楚，讲故事远比听故事好玩。

就这样，我们沉默了一会儿。然后瓦西里琴科开口说道：

"好吧，让我来告诉你，接下来发生了什么。"

"来吧。"我同意了。

他真够坏的。要是再过一会儿，我就会像只小狗一样乞求他告诉我。

"喏，听着。"瓦西里琴科压低了声音。

天花板上的灯已经熄灭了，现在亮着的只有房间里的两盏夜灯和走廊里的灯——可以透过门上窗户看见它。月亮挂在窗外，白色的月亮。

"夫人的头被砍了……而你以为一切就这样结束了吗？"

"接下来又发生了什么？"我问道。

"哈哈哈，"瓦西里琴科恶狠狠地笑道，"最重要的才刚刚开始。他们把夫人的身体和头分开埋在了不同的地方。然后就离开了。但是头并没有死！夫人的头从地下钻了出来，然后往黎塞留所在的地方飞去！"

"怎么可能？"我问道。

"就是这样，"瓦西里琴科说，"她只在夜间飞行，她的浅黄色长发迎风飘舞，她的脸上还留着百合花一样的血迹！当她飞累时，她就飞到睡着的人窗前……"

瓦西里琴科故意沉默了。

"不会吧！"我不太肯定地反驳道，"书上到这儿就不剩多少了呀……"

"哎，你呀，喀什金朋友，"瓦西里琴科长长地叹了口气。他一字一顿地说着，这语气就像我姐姐对我说些什么她知道而我不知道的事一样。我讨厌这样的语气。"难道你不知道，《三个火枪手》还有整整两部续集吗？"

这个我不知道。我感到很震惊。

当然了，我不相信瓦西里琴科所说的。会飞的头，哈哈！不过是讲给小孩子听的童话故事。任何一个讲故事的人总会为了故事好听而撒点谎，这是合理的。所以我完全不相信瓦西里琴科说的故事。但是续集里究竟说了些什么呢？

夜间口渴起来喝水时，我瞥了一眼窗户，打了一个寒战。月光下忽然间闪过一个小的、圆的、披着淡黄色长发的东西，我是这么觉得的。应该是某种鸟飞过。

某种。鸟。

一定是的。

关于私人生活

　　我和谢雷坐在走廊尽头的沙发上，什么事也不做。我们想做很多事，但是得把托里克叫上。托里克又要打针了。没有托里克的话什么事也做不成，所以我们什么也没做。

　　走廊的另一头，许多小孩子在玩轮椅比赛。不过他们不把轮椅开到我们这儿。参加比赛的人手都很短，这样有利于均衡地转动轮子。刚一散开——轮椅立马就撞到墙上去了。这些轮椅——可别小看它！非常巨大。而那些小一点的轮椅早就被妈妈们拿进病房里给自己的孩子用了。这些大轮椅都没人要，除了比赛选手之外。

　　砰！瞧，两辆轮椅的轮子卡在了一起，撞了墙。还好他们没有朝我们的沙发这儿开过来。不然我们就要对他们说："你们这些大吼大叫的小孩，走开！我们正忙着呢！"但是我们没什么可忙的。为什么偏偏现在给托里克打针呢？

　　"这就是医院最糟糕的一点，"我对谢雷说，"这儿没有私人生活。"

　　"嗯。"谢雷说。

　　"早上七点——啪！——开灯了，"我接着说，"而你这会儿也许还在睡觉呢！但是别人照样把温度计塞给你。"

　　"嗯。"谢雷说。

"妈妈们都不在病房里待着该有多好，"我说，"或者哪怕她们能够奇迹般地平和一点。这样一来，就可以把温度计暂时放一边，再多睡一会儿。然后再对值班护士说，体温是37.8℃。护士们觉得，我们是不可能凭空想出这么复杂的数字来的，所以是真的乖乖量了体温。"

"嗯。"谢雷点了点头。

"然后还要吃药。吃完药后才刚洗漱完毕——早餐就推过来了。"我继续说道，"又是什么事都做不了。因为你得好好听着，纳斯嘉奶奶的手推车在别的病房里轰隆作响，得想想如何才能说服她把粥换成黄油面包。难道这会儿还能画个画或做些其他什么事吗？"

"嗯。"谢雷郁闷地点了点头。

"吃完早餐后——最糟糕的事来了，"我愁闷地说，"乖乖坐在病房里，等着自己的医生过来。有时，过来的甚至是安德烈·尤里伊奇，或者是实习的大学生。你还记得大学生们过来的那周吗？"

"嗯。"谢雷皱着眉说。

我关于谢雷出院的预言没有成真。那时他已经准备出院了，但那该死的牙齿又疼了起来。所以现在谢雷口中含着一大团棉花坐在这儿，嘴里只能发出各种短促的声音。真倒霉！

"然后到午餐前都没什么，"我加快了语速，以便转移谢雷对出院这件事的注意力，"但就是不能走出病房，因为到时候会马上找你打针，照 X 光，或者做别的什么事。有时候就连晚上都会叫你去打针，随时随地。所以只要在病房里待着，午餐前的三小时里还是可以过私人生活的。"

"嗯。"谢雷随声附和。

"可是吃完午餐后，"我又变得愁闷起来，"如果是莉娜·彼得罗芙娜或者奥莉嘉·谢尔盖耶芙娜值班，那就完蛋了。你得在床上安安静静地躺上一个小时，而且还不准乱动。这是赤裸裸的压迫啊！"

"嗯。"谢雷说。

"下午五点钟，牛奶和饼干就被推进来了。"我几乎绝望地说道，"然后老师过来，问你作业写得怎么样了，之后又是吃药，总之到晚上睡觉之前根本没有私人生活。"

"欸！"谢雷跳了起来，挥着手。

哦！托里克终于解放了。太好了，现在我们……

"喀什金！"卡佳·瓦西里耶夫娜在我们病房门口喊道，"你在这儿乱逛什么？你忘了你要吃抗生素药片吗？"

啊！我叹着气，拖着沉重的步子缓慢地走回病房。是的，抗生素药片。根本没有私人生活。

去心电图室

有一次，我有事到谢雷的病房里找他。这时娜佳也走了
进来。

娜佳是一名护士。新来的。

莉娜·彼得罗芙娜说我们应该叫她"娜杰日塔·伊拉里
奥诺夫娜"。尤尔卡立刻说，"伊拉里奥诺夫娜"这个名字很
傻。而谢雷说，这个名字一点都不傻，如果尤尔卡再说傻，
他就会给尤尔卡的眼睛一拳。而我说，我会给他的另外一只
眼睛一拳。

但娜佳说，叫她娜佳就可以了。她还不是太老，二十五
岁左右，唔，差不多吧。

她走进病房，叫道："梅什金和戈什金！"

谢雷听见后就把脸埋在枕头里哼哼大笑。他笑起来就是
这样的。如果他在枕头里轻声地笑，听上去就像在哭一
样。但如果笑得很大声——就像小猪在哼哼叫。谢雷笑得特
别大声。

"我的姓，"我有点生气地说，"喀什金。应该发'啊'
的音。而他的姓，"我指着正在哼哼大笑的谢雷的背说，"他
真正的姓是'梅什金－小猪科夫！'"

谢雷哼哼笑得更厉害了，整张床都在晃动。

"噢，对不起，请原谅，'啊'开头的喀什金！"娜佳笑着说道，"这儿的字写得太潦草了。"

这话说得没错。我们去照 X 光时，想看看自己的病历本——一个字都不认得！

"你们能走吗？"娜佳问。

"我们能跑。"我答道。

谢雷已经没力气再哼哼笑了，只不过还埋在枕头里吱吱地笑着。谢雷很容易就能被逗笑，一旦他笑起来，就很难让他打住。

"那跟我走一趟吧，能跑的人，"娜佳说，"你们得去做个心电图检查。"

嗯，没错。心电图，它的全称是电子……什么什么的，关于心脏的。

昨晚我的主治医生瓦西里·瓦西里伊奇对我说，不久后他要给我做一场手术，并让我今天去做心电图检查。我问他："可是我为什么要做心脏检查？我的心脏很好啊！"他说："我相信你。但心电图检查你还是得去做。万一你在我的手术台上死了，我就没钱了。到时候哪有钱埋你呢？"瓦西里·瓦西里伊奇——他很有趣，也是个明白人。

但为什么谢雷也要做，这我就不知道了。或许，也是为了钱吧。

于是我们出发前往心电图室。

心电图室在新楼。我们以为娜佳会带我们坐电梯上楼，然后走过道去新楼。但她却让电梯往下走。她想走室外的街道，因为天气很好，夏天嘛。

然而当我们就快走出大楼时，晴天结束了，开始下起雨来。

"唉，真扫兴！"娜佳说，"现在又得上楼去了！"

医院老楼的楼梯很长很宽。而老楼的电梯却很小，电梯门还是木制的。电梯门没什么特别的，很厚。我和谢雷有一次吵了起来——如果敌人用机关枪射击的话，可以躲在这个电梯门后挡子弹吗？我一直都觉得不可以。因为这是电梯，不是坦克。

我们站在一楼电梯口，等着电梯下来。

这时谢雷说：

"何必要上去？咱们走地下通道吧，两三步就到了！"

没错！怎么会是他第一个想出这个点子！走地道比走过道好玩多了。因为过道太普通了，而地下通道里有各种各样好玩的东西。例如，固定在圆网里的灯泡，就像施季里茨电影里的那样。

"走地道？"娜佳疑惑地说道，"一般来说是不允许的……"

不过她这是故意说给我们听的。这样我们就不会认为，她违反了什么东西。因为我们还小，还用不着知道这些。这些大人有时问题真多！

我和谢雷求娜佳带我们走地下通道。

幸运的是，木门电梯到第三层后停了很久。也许，胖胖的奥列格·斯捷潘诺维奇教授想和胖胖的阿尔门·苏里诺维奇教授一起乘电梯。但是他们的肚子实在是太大了！他们两个加起来是电梯的一百万倍。嗯，差不多吧。

于是我们就去走地道了。

我们才刚来到地道口，谢雷就开始了："娜佳，你瞧！看到那儿的油漆了吗？你知道这是什么油漆吗？你以为是普通的油漆吗？哈哈！这可是军方专用秘密油漆。这种专用油漆还用在坦克身上，从飞机上看地面，根本发现不了涂了这种专用油漆的坦克！"

但我可不能说，谢雷在撒谎。

我们接着往前走。谢雷向我们展示和讲解那些顺着墙体延伸的各类管道。有的粗，有的细。这些秘密管道一直连通到最重要的导弹。如果敌人展开轰炸袭击，也不用担心，因为管道都藏在地下通道里。

关于管道的事是电话维修员因诺肯季·鲍里斯奇来我们这层楼修电话时告诉我们的。

当谢雷说是因诺肯季·鲍里斯奇告诉我们的时候，我偷偷笑了起来。因为我看见娜佳也在偷笑。因为因诺肯季·鲍里斯奇在我们楼层修电话时也到她那儿去了，也自然把管道的事告诉了她。

这时谢雷发现我们在偷笑，就不说话了。如果他还要不断重复地讲同一个故事的话，我就要考虑和他断绝关系了。

眼下我也能说句话了。

我们正好来到一扇大门前，我说："你知道这是什么门吗？这扇门通往秘密实验室。那儿制造机密的东西。这些机密的东西包括，比方说，只要从滴壶里稍微挤出一滴溶液，很小的一滴，然后一百万个人就这样——咻！消失了。"

"一百万？"娜佳问。

"或者甚至是两百万。"我说，"太难计算了，你懂的。"

"我懂。"娜佳点了点头。

我们还经过一堆箱子。这是一堆木箱子，散发着很浓的木头的味道。箱子上缠着铁线，还盖着蓝色的印章。谢雷说这些箱子里装的是应急食品，万一出现战争，而且厨房也停止工作的话。我说，如果厨房在没有战争的情况下也能停止工作就更好了。娜佳也是这么说。我们异口同声地说。然后我和娜佳就笑了，因为这样说话很搞笑。

之后我们很快就走完了地道，来到了心电图室。可是那儿就只有装着普通灯泡的普通的走廊，不像地道里那样，没有任何有趣的东西。

# 再哭会儿吧！

我们坐在托里克的床上一起下象棋。托里克和谢雷下棋，我在一旁加油。三个人里我最辛苦，因为当托里克走时，我为他加油，而该谢雷走时，我就为谢雷加油。

不过我们很难专心致志地下棋，因为乔帕兹金一直在床上喊疼。他的名是杰尼斯，但是大家都叫他乔帕兹金，因为他就是乔帕兹金。

他躺在病房的另一端，不断呻吟着。有时候他发出"喔—喔—喔"的叫声，有时则是"唔—唔—唔"。他害得托里克走错了棋子。

"只会乱叫折磨别人。"托里克嘴里小声嘟囔着。

他说他家里的小孩子都是这样叫的。你以为！

"哦吼，"谢雷见托里克不愿意再玩下去了，以为他要放弃了，说道，"再哭会儿吧！"

我和托里克都特别喜欢这句话，于是我们齐声喊道：

"听见没有，乔帕兹金！再哭会儿吧！"

这时依娜阿姨进来了，她是我们房里的谢廖沙的妈妈。她原本是进房来洗地板的，可她听见我们的话后立即忘了洗地板的事，并开始责骂我们。她大声骂道："哎呀，你们这帮冷酷无情的坏蛋！人家正难受着呢，你们倒好，一点同情心都没有！你们怎么不感到羞耻！……"

依娜阿姨还说了许多其他类似的话。

我想对她说："依娜阿姨！乔帕兹金可是故意这么叫唤的呀，因为莉娜·彼得罗芙娜这个时候正在为那些需要的人准备止痛针！"

谢雷会补充道："今天已经是乔帕兹金做完手术后的第八天，他已经不需要再打针了，所以他才叫唤的！"

托里克也许会像一个最平静的人那样说："我们一点都不同情他，因为反正我们什么都做不了。他也不必向我们呻吟。"

我还会说："乔帕兹金那种愚蠢的呻吟只会干扰别人的正常生活！"

谢雷也会说："他为什么要叫唤，为什么？他连稍微忍耐一下都做不到，简直就是含羞草——弱不禁风！"

然后我再说："他那愚蠢的叫声把别人折磨得够呛！"我特别喜欢"折磨"这个词。

托里克也会说："就连小小年纪的伊万诺夫双胞胎兄弟都不呻吟！"

唔，当然啦，此刻托里克会撒个小谎。其实，伊万诺夫兄弟每天晚上都把头埋在枕头里哭，但这是因为他们想回家。当我还很小的时候，我也会哭。然而当身体疼痛时，他们只会哭那么一小下就不哭了。

不过，这难道要向大人们解释么?!

依娜阿姨不停地责骂我们，甚至挥起抹布要揍我们："嘘，走开，一群麻木不仁的懒汉！别让我看见你们，你们的妈妈怎么不因你们感到羞耻！"

唉，算了吧。

我和谢雷拿起拐杖，往门口的方向跳去。但托里克没法离开，因为他还得打点滴，还得熬上两个小时。

滴

一个骑士后边跟着两只骆驼，哈！还有这样的事！我对伊万诺夫兄弟也这么说："还有这样的事！而且这骆驼也完全不对！怎么会只有一个驼峰！"

他们当时好像因为我说了他们画的骆驼不好而生气了，说道，他们画的骆驼是最正确的，比其他所有人画的都正确，是我画的骑士不对，因为我画的骑士在走路。骑士从来不走路。

我马上反驳道，不可能，当骑士的马生病或发生什么事时，骑士还是需要走路的。伊万诺夫兄弟又说，没准是我画的骑士自己生病了——被马传染的。我说，他们的骆驼才生病呢。我和伊万诺夫兄弟你一言我一语，差点就要互扔玩具小兵了——我们还在等待真正撕破脸皮的时候。我们还舍不得自己的小兵，因为一旦向对方扔去，小兵就成为对方的俘虏了，而当真正撕破脸皮的时候，就不会那么在意了。

这时伊莲娜·利沃夫娜走了进来，说道："喀什金！到治疗室去！"

然后就再没下文了。如果是卡佳·瓦西里耶夫娜进来，她一定会介入我们的争执，让我们不要像流浪猫那样发出喵喵声，应该友好地结束争吵。她还会说，我已经很大了，难道不感到羞耻吗。可是伊万诺夫兄弟是两个人啊！如果卡佳·瓦西里耶夫娜进来的话，我就会这么对她说。

可是伊莲娜·利沃夫娜什么也没说，只是叫了我一声——就这样。她是治疗室的护士，给别人打各种针，打点滴，但从不监视我们。如果所有的大人都是这样……我还没来得及想下去，伊莲娜·利沃夫娜就冲我喊道：

"你准备好了没有？"

"我在找鞋。"我说，然后我们就出发了。

治疗室里到处贴着瓷砖，就像浴室一样，只不过治疗室里并不暖和，反而很冷。也许是因为冰箱的缘故吧，治疗室里共有四个冰箱。其中一个冰箱上写着：O（1），其他三个冰箱上也写着 A（2）、 B（3）和 AB（4）。这是血液的四种型号。

"坐吧。"伊莲娜·利沃夫娜说。

桌子边有一个圆凳，我坐了下来。桌子在治疗室的正中央，桌子很长，整个桌子都缠上了塑料薄膜。这是为了防止桌子被血弄脏。

我坐了下来，伊莲娜·利沃夫娜在桌上铺上一大块胶布，这样手就不会冻着了，同时也为了保持清洁。她说："把你的手给我。"

"右边的还是左边的？"我问她。

"你不心疼的那边。"伊莲娜·利沃夫娜说。

有的时候她开玩笑的方式让人搞不清她是否真的在开玩笑。一般人开玩笑时，他们的眼睛会笑。可是伊莲娜·利沃夫娜开玩笑时她的眼睛就不笑。

我转过头看看她准备要对我做什么。如果试管放在盒子里就还好，但如果桌上放的是注射器就不同了，真的。桌子旁立着许多支架，架上挂着点滴瓶，不过既没有试管，也没有注射器。

"难道，打点滴？"我问。

一般来说，打点滴不应该在治疗室里做。一般在病房里打点滴，因为病人们，也就是我们，应该躺着，时间长着呢，所以我才会感到奇怪。

"是的，是的。"伊莲娜·利沃夫娜边说着，边将一个皮制的长枕头放在桌上，像根腊肠。

枕头枕在手下，这样一来手就不会太累，并且可以把手放平。

嗯，我想了想，伸出了右手。如果扎左手的话，就不得不要盯着窗户，可是窗户全是白色的——一点都不好玩。但扎右手的话，就可以盯着门看。当然，门现在是关着的，但没准待会儿就有人进来了呢。

伊莲娜·利沃夫娜把我的袖子卷到了肩上，扎上止血带，然后就开始按压我的手找静脉。她的手指是那种干枯的手指，嗯，是长期接触酒精造成的。她将一块棉花放到消毒瓶里，蘸了两下，等棉花吸足酒精后，涂抹在有蓝色静脉的那片皮肤上，皮肤一下子就冷了起来。而伊莲娜·利沃夫娜已经把针准备好了。

我别过头去。不是因为我害怕，怎么可能！不过是……哎—哎—哎呀！呼！当我回过头时，伊莲娜·利沃夫娜已经把针眼扎了进去，并贴上两条胶布。在管子与针头连接的地方可以看到，血，我的血渗了进来，和透明的液体混合在了一起。

"别紧张，用不了多久。"伊莲娜·利沃夫娜说着，松开了止血带。

她转了转滴速控制器上的小轮子，又弹了弹输液软管。滴—滴—滴——滴壶里的小水珠不断在滴落。唔，当然了，不是一直不停地滴落。只有当你把滴速控制器的开关完全打开时里面的液体才会不断地滴落。但是谁会在打点滴的时候把开关完全打开呢！目前小水珠滴落得更慢了些。滴壶里的情况看得非常清楚。起先，水珠在滴壶的上端聚集，逐渐膨胀，像气球一样。水珠不断地膨大，倒映着天花板上蓝白色的灯光。当你觉得它永远不会掉落时，水珠就——滴！——的一声落了下来。

我看了一眼吊在最上头的输液袋，问道："维生素吧，对吗？"

"某种新药，"伊莲娜·利沃夫娜答道，"所以得在这儿打点滴，便于观察。"

可是她并没有在观察什么，而是坐在一个小桌子旁写着各种文件。这样还不如在病房里头好好躺着呢。和伊万诺夫兄弟俩……不，和他俩倒不值当，倒是可以和帕什卡说会儿话。不过帕什卡不能走路，那我就待会儿过去找他吧。唔，要是打点滴的话，和伊万诺夫兄弟俩说说话其实也是可以的。

但这不过是我想想罢了，为了不那么无聊。因为我能看到的只有伊莲娜·利沃夫娜正在写字的背影，和那一滴一滴慢慢滴落的小水珠。我开始找些别的什么看看，比如墙边立着的离心机。没什么特别的，就是一个铁箱子。但是谢雷说，那台机器能够以每分钟十万多转次的转速分离任何东西！每分钟十万多转次！如果把一只老鼠放进去，它会就这么死去还是被磨成肉饼？会怎样呢？是立刻死去还是来得及吱吱叫几声呢？

　　我突然想起了宇航员们训练时的转速。他们没有变成肉饼。

　　"你怎么在喘气？"伊莲娜·利沃夫娜问道。她还坐在那儿。"那儿鼓起来了吗？"

　　鼓起来——指的是当身体晃动导致针头刺破了静脉，手上就会鼓起一个包。就好像吹了气一样。伊莲娜·利沃夫娜走了过来，摸了摸插着针管的静脉，接着又转了转滴速控制器的小轮子。我当然哪儿也没鼓起来。于是她又坐了回去继续写东西，而我继续看着滴壶里的小水珠，看着它们从管子的一端一点点溢出，变长，像气球一样膨胀，倒映着天花板上的蓝白色灯光。然后，当你觉得那个小水珠永远不会掉下来时……

# 耳朵在微笑

　　周一，早餐过后，卡佳·瓦西里耶夫娜来到我们病房里。她坐了下来，好让我们乖乖地待在自己的床上，哪儿也不去。因为今天是巡房的日子。但我本来就哪儿都去不成，因为我的膝盖总是好不了。我只好躺在床上看书。卡佳·瓦西里耶夫娜刚把切廖穆什金从走廊赶回病房里，接着走到下一个病房巡视。切廖穆什金在房间里走了一会儿，就回到床上坐着去了。病房里头走路不自在。

　　过了一会儿，医生们过来了，来到各自的病人身边。而我的伊莲娜·尼古拉芙娜一直没来。但我并不很担心。反正我现在还不能问她，什么时候让我出院。我的膝盖还是这个老样子，所以我还不好意思问什么时候出院的事。于是我只能躺在床上看书。看的书很枯燥，是关于某些动物的。可总是应该读些什么的。

　　伊莲娜·尼古拉芙娜来了，开始检查我的腿。总体上来讲不疼了，但偶尔还是有点疼。但疼的时候我什么都不说，只是皱皱眉头。

　　"给您看病真是伤透脑筋，"她说，"给你们这些男子汉看病都是这样。说几句话吧。这样疼吗？那这儿呢？"

　　我开始说几句，只不过不是一直都说。我一般说："嗯哼。"当她按压我的膝盖时，我只说了一声："哎哟！"当只有一点点疼的时候，我就不吭声了。伊莲娜·尼古拉芙娜戴着口罩看了看我，说道："好吧。明白了。"

她戴的口罩是纱布做的，可以隔绝病毒。因为她的小儿子生病了，而且她"不想传染给我们这儿的小笨蛋们"。这是我从丝维塔保姆阿姨那里听说的。总的来说我的伊莲娜·尼古拉芙娜是我们这层楼最漂亮的女医生。两个女医生里最漂亮的一个。

五楼也是这样。虽然瓦里卡·崔卡说，他的奥莉嘉·康斯坦金娜更漂亮，但他什么都不懂。他向来如此。而我的伊莲娜·尼古拉芙娜戴着口罩和帽子的时候就像电影里给宇航员看病的医生一样。

我一点儿也没问出院的事。然而，也许是看我脸上写了一个大大的问号，伊莲娜·尼古拉芙娜说道："星期四去照张X光片。然后我们再看看你什么时候可以不用拐杖走路了。"

乌拉！太棒了！如果到了照X光再讨论何时不用拐杖的这一步，就意味着很快就能出院了！医生可不能简简单单地说什么时候放你回家。这种做法是不被允许的。我在心里偷乐了一会儿，伊莲娜·尼古拉芙娜说："嗯，就这样吧。"

等伊莲娜·尼古拉芙娜走后，巡房时间已经结束了。我们病房是最后一间病房，就在主治医师办公室的旁边。这就是为什么我们病房每次都是最后一个接受巡房的原因。我是我们病房里最后一个接受检查的人，因为我的床位在进门右手边。不过这种情况只有在一个医生负责检查病房里的所有人的时候才会发生。可是如果一个医生负责的病人们住在不同病房里，那就另说了。总之，以上两种情况都发生过。

巡房一结束，帕什卡就走了进来。他一直在病房门口等着。有医生在的地方他就浑身不自在。

帕什卡已经可以自如行走了，丝维塔阿姨说，他已经"办出院手续"了。只不过没人接他回家，他在等着他的奶奶过来接他。帕什卡要回家一趟得坐很久的车，他一个人可不行。可是奶奶没办法坐车来接他，她自己有些困难。

因此，帕什卡暂时留在我们住院处，虽然他已经哪儿也不疼了。往常，他因为大腿疼只能坐在轮椅上，而我和谢雷可以随便走动。可是现在他哪儿也不疼了，而我的膝盖却疼了起来。这简直太不公平了！

"喂，"帕什卡说，"什么情况？"

他这是在问我什么时候出院。不然还能问什么？

"还行，"我说，"伊莲娜·尼古拉芙娜笑了。也就是说，快出院了。"

"你怎么看到的？"帕什卡表示怀疑，"她的口罩遮住了她的脸呐！"

"通过眼睛看出来的吧，"切廖穆什金说道。他碰巧往我们这儿走来，顺便插了一句。"我在书上看到过，书上说通过眼睛能看出一个人是不是在笑。"

"她的眼睛当时正看着我的膝盖，"我说，"我是通过她的耳朵看出她正在笑的。"

"对，没错。"帕什卡说，"通过耳朵可以看出来。"

"它们会动。"切廖穆什金说道。

为了检验一下效果，我们笑了起来。帕什卡的耳朵动得最利索。因为他的嘴很大，长到耳朵边。然而我的伊莲娜·尼古拉芙娜的耳朵比他的漂亮得多。

笑过之后，我们几个人又聊了一会儿关于耳朵的事情，然后天南海北地闲谈着，直到有人叫帕什卡去接电话。他一路小跑去接电话，过了一会儿又跑了回来，说奶奶就快要来接他回家了，她的困难基本上解决了。我心想，有人能很快地接我回家真好。嗯，出院的时候，照完 X 光之后。

# 买冰淇淋

周二的早餐有时是黄米粥配奶酪面包，有时则配的是煮鸡蛋。我更喜欢煮鸡蛋。所以当丝维塔阿姨推着早餐推车来到我们病房时，我就立刻问她：

"丝维塔阿姨，里面是奶酪还是鸡蛋呀？"

她说："鸡蛋，喀什金，是你最喜欢的鸡蛋。但我不能给你两个鸡蛋，我还有六个病房的孩子没吃东西呢。"

这也就是说，她先从我们病房开始发早餐。很好！也就是说，分给我们的粥不会是凉的。

"唔，丝维塔阿姨，求求你了！"我恳求道，"喏，切廖穆什金不要鸡蛋。是不是，切廖穆什金？"

"才怪呢。"切廖穆什金说，"我要鸡蛋！我不要粥。"

"那好吧。"我说，"埃内斯吉克，吃吧，吃吧！"

切廖穆什金的名——埃内斯吉克——真是太可笑了，简直糟透了。他怎么可能不为此感到难为情呢？！所以我们平常只以他的姓氏称呼他。嗯，这么做是为了不让他感到难堪。可是切廖穆什金装作他一点都不因为我叫他"埃内斯吉克"而生气的样子，并且用勺子在面包上抹奶酪。随他去吧。他可别想从我这儿拿盐了。妈妈给我带了一点盐，装在一个蘑菇形状的小盐瓶里。小盐瓶很好看，可是存放不方便——它总是在我的床头柜里翻来倒去，弄得我的柜子里全是盐。

我吃了粥、鸡蛋和面包，喝完茶后又躺了回去。我的膝盖还是没好，我只能挂着拐杖走路。但是挂着拐杖什么事也做不了，跳也不能跳，而且挂久了肩膀还会疼。

我躺在床上，一边听着丝维塔阿姨的手推车在走廊里前进的声音，一边猜她进了哪间病房。当她发完早餐，走回厨房时，我就打开自己的柜子，看看有没有什么东西供我打发时间。我有一套新的玩具，是上一次探病时妈妈带给我的。那里面有各种各样的塑料动物模型——老虎、斑马……只不过我不想玩这些，我想玩飞机。可我还是收下了这套玩具，因为决不能让妈妈伤心，她可是花了心思准备的呀。

我把这些玩具倒在被子上，并把它们稍微堆在一起。我想了想：也许突然间我就想玩了呢？不，还是没兴趣。于是我叹了口气，把它们重新装回小袋子并收进了柜子里。然后，我又看了看柜子里的画册，但没拿出来。我既没心情画画，也不想看书。唔，我的意思是没什么可看的。

帕什卡救了我。他正好在这时走了进来，说道：

"嗨。一起去买冰淇淋吧？"

"可以啊，"我说，"不过得等到巡视之后。"

"没问题。"帕什卡说，"就这么定了，我待会儿再来。"

帕什卡已经不需要被巡视了，他已经是出院的人了，他只是在这里等他的奶奶。奶奶应该就快到了，明天吧，也许。

好吧，现在可以安心地等巡视的医生了，只为了待会儿去买冰淇淋，我们这儿的小吃部卖冰淇淋。小吃部主要是为这里的医生和其他工作人员开的，但我们也可以上那儿买东西。

过了一会儿，丝维塔阿姨推着车回来收早餐后的餐具。切廖穆什金挨了训，因为他没有吃完自己的粥，还把鸡蛋壳扔进了粥里。他活该，这个吝啬鬼！

巡视时间到了，我的伊莲娜·尼古拉芙娜过来检查我的膝盖。她还听了我的心跳，并用手指敲了敲我的胸口，痒酥酥的。我忍着没问她出院的事，她也什么都没说。唉！算了吧。

巡视一结束，帕什卡就从房门外探头进来。

"走了吗？"他问道。

"走了。"我说，"我去拿拐杖。"

我拿来拐杖，就和帕什卡出门了。我们走得很慢，因为我拄着拐杖。当走过住院医生的办公室时，我们稍稍停留了一会儿。办公室的门是关着的，我们隔着墙偷听——万一我的伊莲娜·尼古拉芙娜跟别的医生聊起我的事呢？比如说这周我就可以出院了呢？但是她什么也没说，叶甫盖尼·帕雷奇这时从办公室里走了出来，并把门关上。他是所有的医生里最危险的，这点大家都清楚！

我们接着往前走，来到电梯前。电梯门前站着很多人，和我们一样都在等电梯。当电梯来后，所有人都会问："去哪儿？往上还是往下？"如果是同方向而且电梯里还有空间的话，就会走进去。

"走二楼还是走四楼？"帕什卡问我。

他这是在问路。小吃部在另一栋楼里，可以从二楼或四楼穿过去到那儿。不过不是我们楼的第四层，而是另一栋楼的第四层。我想了想。从二楼走——那里有楼梯。从四楼走——那里也有楼梯。不过二楼的楼梯很宽。

"咱们从二楼走吧，"我说，"散散步。"

帕什卡点点头，这时电梯正好又来了。我们也进了电梯，因为电梯这趟往下走，而且还能继续载人。电梯里还站着两个不认识的七楼复苏室的女孩子。她们穿着蓝色的袍子，身上散发着强烈的味道——化学制剂的味道。

电梯到二楼后，我们走了出来，穿过走廊，向另一栋楼走去。

"你瞧，他们又在给长凳刷漆呢。"帕什卡说道。

他透过窗口看到的。

"嗯。"我说。

我们就这样走啊走，途中经过各种宣传画和房门。宣传画上画着人体的各种组织器官——光是肾就有各种各样的，其他的器官也是一样——解释药物如何在这些器官里起作用。但是这只会让那些新来的人感到有趣，它们已经挂在这儿一百年了，这些可怜的画。

房门则是另外一回事了。这些门都各不相同，并且不停地开开关关。不同的阿姨和叔叔走进走出，有时穿着白大褂，有时则不穿，比如，只穿着一件外套，或者西装。这些阿姨们和叔叔们把门打开后，房间内热闹的说话声就一阵一阵地涌到走廊里，并散发着各种不同的味道。也许是某种化学物品，或者是女人用的香水，又或者是咖啡的味道。有意思！

我和帕什卡在一扇门边停了下来，假装因为拄拐杖走路久了休息一会儿。我们在门边等着，也许它也会被打开。房间里放着一个大家伙，正是为了它，人们才往医院里运液化氧气瓶。如果在这扇门打开的时候经过，从房里就会吹来一阵冷飕飕的风，就好像是从北极吹来的风一样。嗬！

可是这扇门一直没人打开，于是我们继续往前走，前往小吃部。

我们来得早，所以小吃部里的人还不算多。我们正排着队，帕什卡问我："你要哪种冰淇淋？"

我想了一会儿。

"我要杯装的。华夫饼做的杯子。"

"那我就要'吃货'牌冰淇淋吧。"帕什卡说。

我又想了想，我也想要"吃货"。

"我也来一个'吃货'，"我说，"有巧克力皮的。杯装的冰淇淋我在家都吃了十万多个了。"

"真狡猾！"帕什卡有点委屈地说道，"是我第一个想要'吃货'的！"

我想了想，他说的没错——帕什卡是第一个想要"吃货"的。

"好吧，"我说，"那我就……"

"快点，快点，年轻人，你们是怎么回事？"售货员阿姨打断了我的话。

我什么都没来得及想，和帕什卡两人分别买了一个杯装的冰淇淋和一个"吃货"。

"互相尝尝吧？"帕什卡提议，"这样公平一点？"

这的确很公平，我同意了。我们在小吃部多站了一会儿，因为拄着拐杖走路不方便吃冰淇淋。吃完后我们就往回走。

我们经过一张张宣传画和一扇扇房门，以及门上那些写着一长串字母的暗黄色牌子；穿过从房间里飘出的酒精、烧热的金属、香水和咖啡味道的走廊；坐上电梯，很快就又回到了我们的病房里。

"嗯，回头见，"帕什卡说，"我过会儿再来。"

"嗯。"我说。

不过令人遗憾的是，小吃部的冰淇淋并不好吃。

# 我们的走廊

我站起来去拿糖果。上一次探病时，妈妈带给我一些巧克力糖果，含果仁的。我悄悄地吃。

可我一站起来，烦人的丝维塔阿姨立刻吼了起来："看看你们这些坏蛋，在我刚擦过的地上跑来跑去，一点尊重都没有。"好像我需要她刚擦过的地板似的！

当我在冰箱里找自己的袋子时——袋子上有一张写着自己姓名的小纸片——我才想起来，昨天晚上我就已经把最后一颗糖果给吃掉了。就在我读《无头骑士》那会儿。那本书也被我读完了，唉！

于是我在走廊逛了逛。太无聊了。自己人都不在这里。虽然罗姆卡在七楼，但是他才刚做完手术。他一直在睡觉，麻药的劲儿还没过去呢。

这周我肯定是不能出院了。医生奥列格·帕雷奇说，下周一之前都不可能出院。因为下周一要做超声波检查。不做这个检查就没法出院！我一点都不喜欢超声波检查，因为会被涂上冷冰冰的胶水。不过这总比把一个小爪子似的镜子吞进胃里的检查好多了。算了吧，会撑过去的。

我在办公室的窗台边坐了一会儿。窗外夜幕降临，院子里空落落的，好没意思。这要是在之前，谢雷、托里克、帕什卡或是其他的自己人这个时候都会在我们的这条走廊上出现。

这条走廊位于老楼的第四层，连接老楼和新楼。早在四层的小孩子们还在的时候我们就到这条走廊里玩儿了，为了到那里去看汽车。总的来说，这条走廊是个非常棒的地方。晚上，走廊里一个人都没有，很安静。完全可以认为这条走廊不是医院的一部分。这里没有人聊天，没有人呻吟，没有人带着注射器到处跑……这里真是个不错的地方。

唉，要是谢雷、托里克或者帕什卡在的话……

啊，我一个人去！反正也没什么事可做。

说走就走。

我爬到窗边，坐了下来。走廊上第三个窗口——位置特别好。从这个窗口可以看见有轨电车的站台和一家商店的一小部分。你可以尽情地欣赏着窗外的风景，窗外总会有很多不同的人走过。一开始我只盯着站台看，心想着，要是妈妈此时此刻突然出现在站台上就好了，或者是奶奶，或者是卡佳姨妈。她们要是来的话会先绕过对面的站台，因为那里有一个很大的水洼，然后沿着栅栏走过来，再……

不知怎么的，我感到有些难过，于是我把目光转向商店。人们在商店的门口进进出出。很多人带着大袋小袋走出商店，不过这个没什么意思。另一些人则手拿着面包，或者酸奶，或者是装着某种腌制黄瓜的瓶子。他们真自在！想吃面包时，就可以去买面包，想吃黄瓜时，就去买黄瓜。我不太喜欢瓶装的黄瓜，我更喜欢瓶装的西红柿。不过这家商店也许不卖瓶装的西红柿。无所谓，黄瓜我也会买的。还有面包、酸奶以及……

我忽然听见一阵脚步声，在通往我们这条走廊的楼梯上响起。这个楼梯看起来很搞笑——它只有三级台阶。台阶是铁制的，所以走上去时声音很响。

到我们走廊上来的是一个……一个短头发的人。他穿着运动服和红色的夹克外套，看上去还只是个小毛孩，就像谢雷说的那样："四年级生——还穿着为身体发育留出份儿来的肥大裤子呢。"

"你来这儿做什么？"我问他。

"什么也不做。"

"如果没事可做，那就滚开，"我说道，"这是我们的走廊。"

他不说话，只是一个劲儿地抽泣。我从来没见过他。也许他是五楼的。不幸的"五楼人"。

可他并没有离开。他在走廊的尽头站起身，看着墙上张贴的宣传画。我看着他，我看得出他只是在随意地浏览着那些画。我知道他早就看过这些画了，因为它们被挂在这里已经一百年了，关于细胞和其他类似的东西。但他还看着这些画，因为他不想离开这里，离开我们的走廊。

随他去吧。要是谢雷或托里克在的话，我们会在他身边不停地絮叨，很快就会把他赶走。可现在只有我一个人，没心情理他。

于是我继续盯着商店看。不过已经没什么意思了。我站起来，慢慢走回病房。慢慢走回去是因为我不想让这个短发的"五楼人"错以为他赢了。当我快走进房间时，我稍稍回头瞄了他一眼。

他这时已经坐在窗边了，在第三个窗子边。从那里可以看见有轨电车的站台和商店。人们拿着面包、酸奶和黄瓜走进走出。走进走出。

# 蓝色的光

四周静悄悄的，因为现在是晚上。

嗯，不完全因为是晚上，只不过是打铃了。我躺在床上，看着天花板。天花板上有三道长长的蓝色条纹——一道宽的和两道窄的，这是路灯造成的。街边的路灯发出的光直射在我们病房的窗户上。蓝蓝的颜色——虽然是白色的灯光，但看上去还是蓝色的。

夏天还算不得什么，因为夏天的时候我们还没等到天黑就睡觉了。可现在不是夏天，而是秋天，已经快到冬天了。

蓝色的光带从窗户斜斜地延伸到墙角。三条蓝色的光带在白色的天花板上。当我在家里睡觉的时候，卧室里的天花板上时常会出现汽车车灯的黄色灯光，这些黄色的光斑从左向右移动。当我在奶奶家里睡觉的时候，车灯的黄色灯光从右向左移动。而在这儿，在医院里头，灯光一动不动，一直如此。它就待在一个地方，蓝蓝的。

前段时间医院修理了天花板，现在天花板上已经看不到裂缝了。修理之前天花板上有一条裂缝，像亚马逊河流，还有一块光斑，看上去像一个小岛。如今什么都没有了，只剩下一片白色的天花板，还有三条笔直的蓝色光带。

要是旁边躺着帕什卡的话，我们俩还能聊会儿天。打铃之后和帕什卡一块儿聊天是件很有趣的事——他很聪明。他的聪明体现在聊天中。关于动物、树木以及其他任何事物，他都知道很多。我比较喜欢技术方面的知识，而帕什卡关于这方面也能聊得起来。

如果是谢雷在旁边，我俩也能一起聊天。只不过不是谈话，而是各种笑话。先把笑话说出来，然后再一头闷在枕头里哈哈大笑。和谢雷在一起，能随意地说玩笑话——他对各种玩笑都很在行。

或者，如果是托里克在旁边，我们也能聊得来。不过托里克如今变得有些愚蠢，因为他喜欢上了一个女生。他走路的时候两眼无神，像个傻子一样。我和帕什卡笑话他，他就生气地说我和帕什卡还小。他也不过是比我们大一岁，甚至不是大一整年，只大了十个月而已。

可是谢雷现在在家里，他家里的天花板上也许会有车灯的黄色灯光穿过。托里克现在正躺在另一间病房里。帕什卡不久前刚出院，如今帕什卡的病床上躺着的是根纳季。

他虽然已经是个成年人的模样了，但看上去也没什么特别的。他已经十五岁了，甚至更大一些。他来自辛菲罗波尔，说话的时候总是称呼对方为"您"。我超级喜欢他这一点，特别是当他说："尼古拉，我和您下一盘跳棋如何？"根纳季不会下象棋，可如果是跳棋的话——哎哟哟！总而言之，他虽然第一次来我们这里，却表现得很懂事。

根纳季也还没睡，我听得见他呼吸的声音。他背靠着床躺着，看着天花板，看着那蓝色的光。他只能以这种方式睡觉，因为他正穿着围腰①。我也是背靠着床躺着，不过没什么特殊的理由。

如果侧身躺着，就能看见对面的新楼，新楼里有四个发光的正方形，蓝色的，那是四个值班手术室的窗户。那里一直都亮着灯。我去过那里一次，不过什么都不记得了，因为当时我被打了麻药。

我躺在床上，看着天花板。我不想睡觉，我想知道：赛鲁斯·斯密特最后有没有成功地制成硝化甘油？然而没有灯，没有灯我就看不成书——卡佳·瓦西里耶夫娜没收了我的手电筒，准备还给我妈妈，因为我违反了规章制度。

在我的另一边，伊万诺夫两兄弟正打着呼噜。令人感到惊奇的是，他们俩每次都是一起住进这家医院，简直就像事先说好了一样。

谢廖沙已经睡着了，妈妈的乖儿子。他的妈妈，依娜阿姨，现在，也许正在护士办公室里，和其他护理阿姨们以及

① 因脊椎有病、弯曲或受伤时使用的一种矫形装置。

卡佳·瓦西里耶夫娜一起看电视。然后她还会来病房里看看她的谢廖沙睡得怎么样，并且一定会亲吻他的脸蛋。呸！

我躺着，根纳季也躺着，我们俩看着天花板，看着那蓝色的光在同一个位置一动不动。和车的黄色灯光不同，它从不移动一丝一毫。

"尼古拉，"根纳季轻声地问道，"等我们长大后，您来我家做客时——我要是请您吃葡萄和梨子的话，您一定要选择梨子！——您会看到，我家里不会出现蓝色的灯，一个也没有！"

"您是对的，根纳季，"我说道，"这是个好主意。"

过了一会儿，我就睡着了。

我不晓得根纳季如何，反正我把这个决定付诸实施了。在我家里，一盏蓝色的灯都没有。

# 橘皮岛

## （中篇小说）

［俄］尼古拉·纳扎尔金　著

张　杰　译

# ·目　录·

# 第一章

## 岛屿，三桅轻巡航舰和骑士

没有卡宾枪在无人岛上是没法生存的，这是我坚定的信念。因为岛（好吧，无人岛）简直是喔唷！喔唷唷！我就直接这么说的。

"画一个岛，简直就是喔唷！"我说，"喔唷唷！这可不是随便涂鸦一个什么不幸的骑士，也不是，比如，涂鸦一艘三桅轻巡航舰！"

巴什卡严肃地点头同意，而托利克一开始看着我，然后把头伸到桌子下，在那儿噗嗤了一下。他在桌下噗嗤是可以理解的：他刚刚在竭力画一艘三桅轻巡航舰，或许是三桅巡航舰，或许还会画一艘双桅帆船，他并不想噗嗤到纸上。这也能算是米开朗基罗的水平！

虽然，老实说，托利克的这些帆船简直是一瞬间画出来的。他是怎么画的这些帆呢？好吧，要让人看得出帆很多而且船还在动？请看，这是装备三只小炮的通信船，而这个是法国的四层战列舰"维克多"号。如果按照陆军标准来说，四层就是装备四层炮甲板。九十六门火炮！这样的船可以好好地揍敌人了！哈哈！全力开火！

不过，虽然"阿拉贝拉"号才四十门炮，喋血船长却战胜了所有人。但这是因为他是最好的船长，不过，他应该也不会拒绝多点儿炮吧。

我们已经画了很多船了，甚至有上千只。当然，不是千只，而是百只。反正现在我们也只能在医院里躺着。已经三周了……快三周了，而巴什卡已经住了四周了。在医院里自由时间很多，应该专门做点什么……不，应该这么说，不能正常地做任何事，虽然有的是时间。只是时间都被撕碎了，碎成一块块的。因为总是有琐事来打扰我们，一会儿打针，一会儿体检，一会儿做放射检查，一会儿又该吃饭了。完全没有私人生活。

正常情况下是没法让小战士们列队的：好吧，只要他们住在要塞、堡垒和闭合的炮兵阵地里……他们会像清洁工似的，一会儿要洗刷地板，一会儿要擦桌子，一会儿又要换铺盖。"走开，走开，卡什金，别在脚下挡路，去大厅里坐着去！"

在医院根本没法安静地休息，就连棋都不能下，更别说读书了，压根儿没什么书。所幸的是，我们这次是因为腿的缘故进了医院，虽然腿疼，可是手还是完好无缺，还能画画儿，比如画骑士和船只。

可托利克怎么就画出了船呢，我不是很懂。画帆容易，当然，它比画轮船要复杂：用线条去描烟囱，把烟画成卷发状，像一年级学生所画。但帆可不是卷发，当然它也没有特别神秘之处。它形似矩形，只是……好吧，呈微"凸"状，这是为了让风看上去明显点。这并不复杂，我也会。然而不知为何，我画的船像挂着抹布的黑板似的。好像我不是在画三桅轻巡航舰，而是在画晾被单的杆子，这样的杆子我们院子里就有。只是它们是会游泳的杆子。真令人难堪！

可托利克却……关键是我甚至不会明白：他在那儿东描描令人费解的线、角，西画画小长方形，甚至还用很普通的铅笔勾勒几笔……而当你去看时，居然成了全速前进的船！我甚至开始偷瞄他，可狡猾的托利克……所以我放弃了这些愚蠢的船，更何况我突发奇想要画岛。

真正的岛。我们的岛。具体说来，是无人岛，当然我们是因为海难才流落该岛。

海难——是一件非常棒的事，如果再能遇上无人岛，啊啊啊！简直没有更幸运的事！我很清楚这点，我读过《神秘岛》近百次，也可能是两百次。

当然了，还取决于遇到什么样的岛。鲁滨逊·克鲁索遇到的岛十分愚蠢！岛上居然连硫铁矿都没有，或者说，连硝酸原料都没有！请告诉我，这样如何在岛上炼钢，或者说，如何生产玻璃餐具？！

虽然完全可能只是因为鲁滨逊什么都没找到：他当时就像巴布亚原始人似的落后，只会用草编帽子和捕猎山羊。算什么英雄！为什么要让这样的人进无人岛，我可真搞不懂！

我是这么想的：在任何一个正常的无人岛上都是必须要有煤矿和磁铁矿的，硫化物沉淀也必须得有，还须有其他诸如此类的，比如，制作必不可少的硝化甘油。

"是的，"巴什卡道，"岛可不是骑士！"

"对极了，"我肯定道，"骑士不过是小儿科，算不得一回事，不过是穿着铁制服的人！"

"身上带着剑和盾牌，有时还骑着马，"好钻研的巴什卡补充道。

"哪怕是骑着大象也好啊！"我挥了挥手，差点没让自己所有的铅笔滚得满病房都是。我们赶紧跑去捡，三个人拖着四条半腿！

"那个带着剑和盾牌的骑士是怎么回事？他居然跟一对很好的簧轮枪对抗！"

巴什卡思考了一会儿。

"那黑衣骑士呢？"他问道。

我也思考了一会儿。毕竟这可是黑衣骑士，需要弄清楚……

"依旧是小儿科，"我固执地说道，"他绝对承受不了装有新式锥形子弹的后膛卡宾枪！"

"这当然！"巴什卡立马同意道。

我认为，在无人岛上一定要有把后膛卡宾枪。卡，宾，枪！读起来怎么样？"卡宾枪"：读起来令人振奋，对于军人来说，它不只是一把普通的"枪"。

我甚至曾经见过卡宾枪。好吧，几乎在跟前！那会儿有个工作上的同志来找我的姐姐亚历山德拉，他是个好同志。姐姐在他来之前，拿着吹风机之类的东西在浴室待了两个小时。这个同志在我们家待着等某趟很晚很晚的夜间火车，所以他来的时候背了个很大的双肩包和一个黑黑的、长长的、有棱角的套子。套子下就是卡宾枪！只是，很遗憾，这位好同志整晚都在使劲地就着微腌的小黄瓜吃炸土豆，还夸了姐姐做的猪油，一回也没把卡宾枪拿出来！好像这辈子没吃过猪油似的，真粗野！

还有，居然把卡宾枪放在黑黑的、长长的、有棱角的保护套下，完全没必要！后膛枪简直棒极了！直接沿着中间射出去！新式子弹！可惜没能拿出来让我看看。

当然了，在海难开始时就拥有卡宾枪是没意思的。就会像鲁滨逊一样，在岛上散步，无所事事，朝所有动物开火：

南美野猪当午饭，毛臀刺鼠当晚饭……新的主意只能是用草编个帽子。不，一开始应当……

"现在是什么情况？"巴什卡问道，"我们要画岛？"

"是的！"我坚定地说道。

为了不让自己改变主意，我很快地打开画画本，翻到新的干净的一页，并用铅笔挠了挠眉毛。

"那么从哪儿开始画岛？"巴什卡疑惑地问道。

的确，从哪儿开始呢？我们通常从头盔开始画骑士，而船呢，开始时则应画船身、船头横桅……以及一些舰桥，那么岛呢？

"你的旗子画得不对，"我对托利克说道，"它们应该是向后飘扬，而你的是向前！"

托利克看了下我，然后用铅笔敲了敲头。咚咚，脑子正常吗？

"旗子是顺着风飘的，"他说道，"我的船是顺着风全速前进的！"

"还是不对！"我嘟哝道。

想想吧，不幸的艾伊瓦佐夫斯基！我甚至不再愿意画任何东西了。他究竟要怎么样！

"算了，"我说道。我合上了画画本，把铅笔倒进笔袋里，向后转了一下椅子。"我要回家了。明天把岛画完。正如一个聪明的人所说，早晨比晚上聪明！"

然后我驶<sup>①</sup>回了自己的病房——四号病房。而这儿就是巴什卡和托利克的家——七号病房。

我们的主人公静静地在岛上度过了第一夜，他们虽然乐观地期待着未来，可内心却已经准备好迎接一切来自命运的打击。

---

① 小主人公坐在轮椅上（译者注，以下均为译者注）。

# 第二章
## 石膏腿

说早晨（比晚上聪明）的那个人真愚蠢，愚！蠢！怎么会更聪明！刚开始好好睡觉，就啪啪地打开了所有顶灯！莉娜·彼得罗芙娜（今天她是值班护士）已经推上了叮当作响的小车，车上有一些装在一个大玻璃杯的体温计和其他医用物品。车上的一切都显得如此冰冷、刺眼，它们叮当作响并散发出一股……对，一股化学气味。看到这场景，任何人都会想躲在被窝里直到出院。

"四号病房，早上好，好！七点啦，七点啦，是时候起床啦！当然，也是时候量体温啦！"

我们并不作答。为了遮光，我用被子把头盖住。整个病房也悄无声息。当然了，六个床位就住了我们两个人：我睡在门边的床上，瓦利亚·杜别次睡在另一排的窗边。我们睡在房间的对角线上。没什么原因，我们就是这么睡的。

"四号病房，我没听到回答！"莉娜·彼得罗芙娜从不提高嗓音，她只是一个字一个字地吐出来，我觉得，在走廊另一边的医生办公室里都能听到她的声音。

"好吧，四号病房，既然我们已经不会说话了，那么就像在第二科室一样量体温吧！"

好吧，我立马就忍受不了，赶紧把头伸出来说道："我们会说话，莉娜·彼得罗芙娜！"

瓦利亚·杜别次也赶忙说："我们都会！"

第二科室意味着什么？！这是婴儿科室！是给很小很小的小宝宝住的，他们也会住院，他们也要量体温。您知道怎么给他们量吗？我简直会死掉的，如果我也像他们一样量体温：把体温计……额，塞进……更何况压根儿就没有发烧。三十六度九，这不是发烧，这是测量误差，我的姐姐亚历山德拉就是这么说的。

因为这点儿小事就把人给弄醒！

瓦利亚·杜别次去洗脸了。确切地说，"慢腾腾地拖着脚走了，就像蜗牛去约会似的，"莉娜·彼得罗芙娜是这么说的。

"多活动活动，杜别次，抬抬腿！早上洗脸对正在发育的年轻身体有益！"

这也是她说的。

这会儿我正躺着看天花板下自己的右腿。说天花板下是因为我的腿，啊哈，右腿，正看着天花板。

我这次来这儿，进这家医院，就是因为它。腿上某部分很巧妙地骨折了，所以现在我无法正常放下腿。是这样的：它一开始有点朝上，然后朝右侧伸展开，大脚趾正看着天花板。好像我决定要当一个小丑，或者是小丑的长尾猴，为此我开始像挥手一样挥脚: "大家好!" 然后就停住了, 变成了现在这个动作。腿上缠了石膏。当然了, 腿上打了石膏, 不然我可没法就这样抬着它。

为了能让脚正确地躺着, 他们在床上专门做了个"小山丘"。"小山丘"是由一些金属制的玩意儿和绳索搭起来的, 它很有趣儿, 也方便。总的来说, 只是我的背和那儿……额……背下面某处, 早上有点麻木, 是一直只能以一个姿势睡的缘故。

我坐上轮椅时, 也就是白天, 一切都简单多了: 把轮椅上的一个支架打开并好好地固定, 然后把腿往上一搭, 就可以做自己的事去了。当然, 看起来有点儿笨拙……("有点儿, 有点儿!"正如亚历山德拉所说) 腿向前凸出, 就像猛犸象的长牙。腿稍微朝侧面伸开, 就像真正的、弯曲的长牙一般。

为了不显得如此笨拙, 托利克和巴什卡之前想了一招: 在腿的另一头, 额, 也就是大脚趾上挂一面旗。他们正好可以这么做, 托利克的阿姨从斯莫棱斯克给他带来了一套玩具——五个骑士, 波兰的。但它们不只是骑士 (这样的礼物我们这儿多极了), 还是可以组装的骑士, 也是可以拆卸的。可以给骑士换剑, 斧头, 盾牌……甚至可以换头和腿。一套玩具里正好有旗子，也就是旗帜。

巴什卡让我用橡皮泥把这面旗帜固定在象牙腿的大脚趾上。这样我的腿就不再是笨拙的象牙了，而是船头！带桅杆的船头！就像三桅轻巡航舰的一样。这是一艘在陆上行走的带轮子的巡航舰。

叶丽萨维塔·安东诺夫娜那天刚好是值班护士，她听到了关于橡皮泥的这段话后说，如果她"在病人卡什金（也就是我）的石膏上哪怕是看到一小块儿橡皮泥，那么有人会非常后悔的！"

然后她取来了一点医用胶水和一块膏药。

这样画有黄色（托利克常说，应该说是"金色"）狮子的红色塑料旗子飘扬起来了，吓破敌人胆！飘扬在我缠了石膏的右腿的大脚趾上。

"卡什金，你要在床上躺到明年？"莉娜·彼得罗芙娜不再去打扰已洗漱完毕的瓦利亚，现在轮到我了。

躺到明年也没什么。今天可是 12 月 28 号星期六啊！所以我们科室有这么多空床，当然了，人们也不会急忙赶着进医院，在大多数情况下总是可以稍微缓缓再进医院，在家里迎接新年。至于我，我并不打算躺到明年，当然不会啦！今天当然不会，明天也未必会，因为明天星期天，之后我的医生伊莲娜·尼古拉芙娜自然会让我出院！在星期一的早晨。

"起来，卡什金，起来吧，劳动人民！"莉娜·彼得罗芙娜已经在把我从床上拖下来，让我站在健康的那只脚上。"为什么不站直？"

"额，这……背抽筋了。"我说道。

可不要说"屁股"，像个小孩似的！

莉娜·彼得罗芙娜用一只手抱住我，另一只手扶住打了石膏的腿。

"怎么样，我们去洗耳朵吧？"她问道。

于是我们跑去洗耳朵了。

总的来说，原则上，额，我自己是可以的。只是没法把腿向上抬着，一只手很难，要是两只手呢，就没手来抓住床靠背了，我随时都会摔倒，而我自然经不起摔，就算又有什么地方不是摔坏，只是疼……那我就跟出院说再见了！

更何况不仅要直直地撑着这条腿，这条笨拙的腿，还要朝一侧撑着，为了不压到腿上某条重要的血管……

后来，当我已经坐在轮椅上，把腿放到架子上，我还是在想明天一定要试着自己去洗漱。不然太像个小孩！这再简单不过了，只是需要早点起来，在值班护士推着体温计进来之前，赶紧溜去！明天一定要这样。

在我这样想的时候，玛莎阿姨推着早餐车进了病房。通常，远远地从厨房那儿我就能听到早饭、午饭的声音。如果有三十个盘、杯、勺、叉在小车上晃动，你怎么会听不见？

廖瓦·津琴科与巴什卡、托利克一起住在第七病房，他每次都会开玩笑说，这是"我的小青蛙在盒子里跳"①。车上当然没有什么小青蛙，只有罗宋汤、土豆和肉在跳，或者是酸黄瓜肉汤、通心粉和肉饼，抑或是细挂面条汤、米饭和鸡肉，抑或是……这可能是午饭，也可能是早餐……

"怎么样，小鹰们，"玛莎阿姨取出两个盘子并揭开了锅盖，"谁要加奶的荞麦粥？"

可能我一不小心露出了这样的表情，以致玛莎阿姨不再挥舞长勺。

"哎，科利亚②，科利亚，尼古拉，拉！"她递了出去，"要知道，你的姓是真好啊，可你吃起东西来就完全不像是这个姓的人！"

"可能，他姓卡尔巴斯金–亚伊奇尼采夫？"瓦利亚·杜别次从角落里嘿嘿笑着说。

---

① 这句话是俄罗斯民间童话《青蛙公主》里面的一句口诀，当伊万王子说出这句话时就会出现奇迹。
② 科利亚是尼古拉的昵称。

他是这样的……额，有点儿古怪。他会一个人这样跟自己嘿嘿笑，然后一整天都不说话。也不画画，不学习，不和任何人玩，就兀自躺着，有时往自己厚厚的本子里快速地写着什么，九十六页的本子！

我也没打算回答这种愚蠢的玩笑。当然不会回答！

"玛，莎，阿，姨，"我说道，"我可以要两个鸡蛋、面包加奶油还有茶吗？额，反正我只会把粥抹得满盘子都是……您反而要多洗点，是吧？"

"两个鸡蛋！"玛莎阿姨咕哝道，但同时只往瓦利亚的盘子里盛粥。"我从哪儿给你弄两个鸡蛋去，你这活泼的小孩儿？难不成还要去偷？"

原则上玛莎阿姨不是个难通融的人，跟她还可以讨价还价。当然，只是不要在她面前耍无赖，她不喜欢无赖。其实，除了第二个鸡蛋，我还可以找她要第二块加奶油的面包。只是玛莎阿姨不会给我的。她说，我已经这么胖了。当然，我一点也不胖。额……我自然也不是瘦骨嶙峋，你根本没法改变大人的看法。

总的来说，玛莎阿姨这个人还不错。她可不是那个叫济娜的娘们儿，济娜把粥往盘子里一拍，盘子往床头柜上一扔。好，哼唧哼唧地吃吧！卡佳·瓦西里耶夫娜总是和她争吵，莉娜·彼得罗芙娜称她"元老"，而安德烈·尤里奇在别人说到她时，就不住地叹气，我曾在医生办公室偷听到这些。好吧，我是偶然间听到的。

在提到玛莎阿姨时可没人这么说，也没人叹气。这点得知道。

"从昨天起又有三个人出院了，"我一边说着一边试图在轮椅上端坐起来，我想看看她拿几个鸡蛋出来。"却已经给他们订了早餐！简直就是死魂灵①！"

"还死魂灵呢！"玛莎阿姨接着咕哝道，不过只是咕哝咕哝，因为她已经把盘子放到床头柜上了，盘子里她给放了两块加了奶油的面包，两个鸡蛋，哈哈！自然也给了茶。"卡什金，你要是懂点事就好了！"

我要懂啥？需要懂的我都懂！

殖民者们吃着极好的、新鲜的鸡蛋，品尝几口清冽珍茗，这一天就这样开始了。

---

① 《死魂灵》为果戈理代表作，在作品中"死魂灵"指的是实际上已经去世却依旧登记在册的农奴。

# 第 三 章
## 它们在吱吱叫！

　　早餐过后，原则上我们病人应该躺在床上，或者在床边的椅子上坐着等待医生巡视。这是一天中最无聊的时候，绝对是！好吧，这算不上是休息时间，尤其当值班护士心情不好，把在走廊里散步的病人挨个赶回病房时。

　　这只是在平常，然而今天是周六，所以我们科室只有一个医生值班，在哪个病房找到我们对他来说并没有什么区别。关键是暂时不要走出我们科室的范围。好吧，我也没这打算。

　　我准备去第七病房找巴什卡和托利克。终究是要画岛的！

　　去的路上，我一直在想从哪儿开始画岛。要知道这可不是简简单单地画个什么海岸啊、树木啊、沙滩啊之类的……关于这个我们这儿的老师济娜伊达·利沃夫娜在某个星期说过……啊对，这些叫作风景，对！

　　不，我们不需要风景！

　　我们需要的是计划。换句话说，需要地图，以便我们能在必要时总能判定方位。比如，走过鱼湾的北海岸，沿着鹦鹉河逆流而上，蹚水过小黄溪，那儿已经离玄武岩城堡不远了！

　　但是从哪儿开始画地图呢？我也不知道。

“怎么办？”巴什卡问道。

他正就着面包吃鸡蛋，整个人都被蛋黄弄脏了，就连眼镜上都有蛋黄。

“想出来什么了吗？”他又问道，终于吞下了鸡蛋，然后拿起毛巾擦了擦。

“没啊，”我如实回道，“岛的地图是这样……”

我沉默了一会儿，以便让他们知道这是件多么困难的事，然后接着说：“但是我想到了从哪儿开始！”

这会儿就连托利克也饶有兴致地盯着我看。

“从起名字开始！”我郑重地宣布道。

然后为了不浪费时间，为了让他们没有多余的问题，我立马打开画画本并尽量用漂亮的字在纸的上端写道：“……岛”。我在“岛”前面留了空，因为还没想好它的名字。但是我不想停留太久，所以在下面又写了一行：“尼·阿·卡什金”。刚开始我想照着习惯再加上“四号病房”或者“七‘瓦’”，可我没法决定，究竟写哪个，所以干脆一个不写。这样也还凑合。

巴什卡马上就跟着我做，托利克却笑着说：“新鲜的决定！”

但他也在自己的纸上写了什么。

　　可我再也想不出什么来了。什么也不能！所以我坐着用各种带花纹的涡卷形字体画我姓中的 K 这个字母。我有这个习惯，"坏习惯"，我姐姐亚历山德拉是这么说的，我却觉得这是个正常的习惯，甚至是有用的，比如，课上当你想做出一副你很忙的样子时。

　　那会儿我还试过逆向思考：为了不把重要的遗漏了，什么东西一定要在岛上画呢？

　　比如，一排海边峭壁！一定要有峭壁，野鸽子和海鸟在这里筑巢，殖民者，也就是我们，可以在这里弄到新鲜的鸟蛋当早饭。

　　我甚至能很好地想象出这一排峭壁。如果沿着旧路去我们家别墅，会经过马特维耶夫卡村，那儿有一些废弃的采砂场被水淹了，现在这些采砂场……额，既不像是池塘，也不像是湖泊。我们去那捉鲍鱼，就是这样，其中一个采砂场的悬崖岩墙上栖居着一群燕子，得有五千只吧！或者一万只！整个岩墙上布满了小洞穴，所以鸟蛋（早饭）问题已经解决……

　　接下来，"牡蛎田"一直在我脑子里转。需不需要它呢？牡蛎田……比如，斯密特工程师和他的同志[1]在岛上的前几天就是把牡蛎当作早饭和午饭。一般来说，一个人一天可以

────────

[1]　法国作家儒勒·凡尔纳所作《神秘岛》中的人物。

吃 12 打新鲜的牡蛎……但是这牡蛎田究竟是什么，我也不知道。

"托利①，"我边转笔边问道，"你吃过牡蛎吗？或者其他的……比如蛤蜊？"

"蛤蜊是法国菜，"他说道，"额，就像青蛙爪子一样……"

呸呸，这是什么比喻！

"比如，在法国的波尔多省，"他继续说道，"煮熟的罗马蜗牛被认为是山珍海味。"

他在嘲弄我！由于受到侮辱，我甚至呼哧一声。为什么这么不公平，有些人不过是年长一岁，甚至不到一岁，只 11 个月，他们就凭这个认为自己比别人聪明?！可惜谢雷这会儿不在：如果是我们两个人，就可以让托利克好好瞧瞧！可健壮像头牛的谢雷，故意刁难似的给我写了封信，信里说他会在卡累利亚的堂奶奶家过新年。叛徒！

"总的来说，"托利克继续说道，"我还是挺想尝尝牡蛎的。怪有趣的。你在商店里可能还买不到呢，只在餐厅里有，可能还贵得吓人！"

"吓人呐！"我同意道。

---

① 托利克的昵称。

我这辈子就进过一次餐厅，那是亚历山德拉把我带到她们教研室的庆祝会上。那儿什么都有……额，跟平常生活里的不一样，所以我甚至记不清吃了什么。或许，正好吃了牡蛎？……当然，也未必……

此刻，这段回忆又让我产生了一个想法。当然，愚蠢的想法……或许又不完全愚蠢……

"要知道，牡蛎本质上是什么？"托利克继续议论道。

他已经很久没画画了，只是坐着，把双腿蜷到身下，然后议论着。他就是喜欢议论。巴什卡也把画画本放到一边，专心听着托利克。只有我没仔细听，我在考虑我的想法。

"牡蛎，"托利克说道，"是……嗯……嗯……嗯……是……"

他卡住了，因为他跟我一样，根本不知道牡蛎，哈哈，他还在那儿想！除了知道，牡蛎是长在"牡蛎田"里，它们长得像这些，额……蛤蜊。还有贻贝。蛤蜊像什么呢？贻贝呢？

"是括类！可以失的！"①

这是廖瓦·津琴科说的。他像往常一样，满嘴的东西。津琴科总是在嚼着什么，简直不明白，他为何如此瘦长。这

① 由下文判断：说话的人嘴里含着东西，吐字不清，俄文原文因发音不对而拼写错误，此处中文应为"是壳类！可以吃的！"

会他正嚼着面包圈、喝着早餐剩下的茶。护理员们都很喜欢
津琴科，总是无缘无故给他倒两杯茶。还多给他鸡蛋、奶酪、
水果糖水、肉饼，等等，可以理解为什么当她们从我们这边
开始派早餐、午餐时，我会如此开心。要知道，如果从津琴
科那儿开始，他把"小灶"一通狠吃后还不长胖！

是的，但……真是壳类吗?！壳类?！我并不是不相信津
琴科……不过，他需要撒谎吗？更何况，他已经完全是个成
年人了，这是他最后一次在我们医院里了，明年他就要转去
成人医院。可真是壳类吗?！

我自然是见过贝壳的。我们夏天在南方待过，在海边，
准确点说，在阿纳帕，那儿的贝壳简直多极了！一开始，我
搜集了一些最漂亮的贝壳，然后就扔了，因为它们开始发
臭了。

可以吃?！壳自然是不能吃的，会弄坏牙齿。而里面的
玩意儿……这玩意儿……看来它们一开始忘记吃泥土了……
然后记起了……然后泥土也记起了!!!

我整个人甚至都抽搐了，差点没从椅子上摔下来。

"可以吃的，"津琴科嚼完了他的面包圈，开始正常说
话了。"我在书中读到过。据说很美味！"

或许，这是其他的壳类？这些蛤蜊……这些蛤蜊和牡蛎，

潘科洛夫①和其他人是蘸着奶酪吃的。或许，它们里面是其他东西，额，不是这玩意儿……唉……嗯……完全不是。

"它们可以生吃，"津琴科继续说道，"掰开壳，然后啊呜！吃进嘴里！它们这时还在吱吱叫呢！"

"谁吱吱叫？"巴什卡没听懂。

"牡蛎啊，还能有谁！"津琴科"啊呜"一声，把第二块面包圈塞进了嘴里。

我无暇思考吱吱的叫声，因为达维德·伊戈尔维奇来了，他是值班医生。他刚进来就开始大声叫喊，好像发生了火灾或者水灾似的。

"卡什金，又要在科室病房里挨个儿找你！他们在做手术时没忘记在你屁股上打一针吧，没忘吧？！所以现在还疼着，不能让你好好坐着！好吧，快坐回自己位子上，利索点儿，我要量一量你那条精美的腿！说不定它一夜间变长了呢！"

达维德·伊戈尔维奇总是这样。我觉得，他是最棒的医生……不过，自然是排在我的伊莲娜·尼古拉芙娜之后……

而托利克却在我转轮椅时直接叫道："达维德·伊戈尔维奇，达维德·伊戈尔维奇，牡蛎是壳类吗？吃它们时候，它们会吱吱叫吗？"

① 《神秘岛》中的人物。

"牡蛎？"达维德·伊戈尔维奇甚至对这样的问题一点儿也不惊奇。

可不是么，他自己曾说过："我之前在儿童医院工作过，那会儿你们的妈妈还没开始幻想你们的爸爸呢。"他不是对我说过，而是对女大学生说过，一个红头发的女大学生，我不过是无意间偷听到的。也就是说，是我听到的。所以他已经习惯了思考。

"它们是壳类，是壳类，"达维德·伊戈尔维奇刮了刮鼻尖，"说到吱吱叫，我不知道，从未听说过。或许，它们是在用自己的语言谩骂，用牡蛎的语言。为什么不呢？要是我被吃了，我就会谩骂。"

他这会儿又发现我了。

"卡什金，你还在这儿？！快点开着你的装甲车，利索点儿回到自己的病房！如果过半分钟还没回到自己位子上，吱吱叫的可就会是你了！"

我马上就跑了回去，一瞬间的事。

可在路上我还有时间想：我们岛上还是不要有牡蛎田了吧！

吱吱叫……

我开始快速地思考另一个想法。这个想法是在讨论牡蛎之前产生的。我喜欢这个想法，虽然……

简单地说，我想给亚历山德拉打电话！我的姐姐亚历山德拉！


一片慌乱之中，殖民者们依旧在设计着他们未来在小居留地上的幸福生活。

# 第四章
## 三页方格纸

我的主意棒极了！给亚历山德拉打电话的主意。

首先，她，也就是我的姐姐亚历山德拉，特聪明。首先我承认这点，甚至很可能比我还聪明。没办法，应当客观点，这使男人更有魅力。

这也是亚历山德拉姐姐说的，我同意她的观点。所以我作为一个客观的男人，完全可以客观地看待这个世界。亚历山德拉特聪明——这就是事实。这没什么，我还在不断地成长——这也是她说的。我也同意她说的这一点。

然而我却认识这样一些人，别人已经把他们当作成人了，他们自己却……离夜壶只有两俄寸①，或者三俄寸。三俄寸更令人难堪。因为如果客观地看，我们其实还不是成人。或许不，不对，这是倒退的简化。它其实是这样：当你把一切都简化了，简化到完全消除意义。这也是姐姐们……好吧，算了。那么，说到成熟，它是这样的……好吧……不知道该怎么说……简单点说，我觉得我们在某些方面已经成熟了，而在另一些方面还没成熟，这些方面常常彼此切换，这是较为客观地从男人的角度看的。而从另一方面看……

①　1俄寸＝44.45毫米，"离夜壶只有两俄寸"在俄语中指年纪很小，该表达本身具有戏谑色彩。

这会儿我不再思考成熟问题，不再想姐姐亚历山德拉和其他类似的问题了，因为达维德·伊戈尔维奇按了按我的小骨。

"喂！"我从床上弹了起来。

您知道，在不同的部位有不同的小骨：比如，肘部，或者达维德·伊戈尔维奇刚刚按的是脚腕，如果你再按一下它，就完了！你会痛得跳起来的，即使你是在敌人后方的施季里茨。敌人……也就是医生……非常喜欢按这些小骨。他们知道这些小骨的位置！也许，他们专门学过。

"很好！"这不是我说的，是达维德·伊戈尔维奇说的。

哎，对某些人来说很好，对某些人来说却……达维德·伊戈尔维奇把我的腿翻了翻，便于测量。

他们专门用来量腿的这玩意儿，其实就是由中学生用的普通量角器和用小螺栓钉在上面的两条线做成的。

对了，关于智慧和成熟还需要再说一点儿。我们班第一个会思考的、"最成熟的"玛申卡·列万托娃可能会这么描述："用小螺丝拧住。"没人会清楚，螺栓跟螺丝有什么区别，完全没必要弄清楚！不过，需要给打下折扣，她毕竟是女人……并不是所有女人都像我的亚历山德拉一样。算了，我注意力有点分散了。

达维德·伊戈尔维奇把他的这个小玩意儿贴近我的腿，当然了，是健康的那只腿，没必要量石膏，它很坚固！接着，他开始指挥道："弯下腿！再弯些！这样，现在这样试试！现在伸直！完全伸直！你可以用脚后跟支住再往前伸直吗？来吧，来吧！表现出你的意志力吧，别吝啬！"

诸如此类。也许有人会感到奇怪：为什么这个医生会量健康的那只腿，而疼的是另一只？我却不感到奇怪，我们这儿的人也都不会奇怪：今天是健康的，昨天却是疼的，明天也可能会是疼的。当然了，最好不要这样。最好不要，最好不要……万一?！甚至不是万一，而是一定会。我可能会从某个地方重重地摔下，也可能……没有谁一生都不摔倒，如果从男人的角度，客观地看。

所以达维德·伊戈尔维奇做得都对，这样以后就可以比对了，为以后做准备。

哎，要是生活中有这样专门的计划就好了！就像时刻表一样，或者至少像预报，比如天气预报！当然了，只是要更精确点！应该都给写出来，比如："周四至周日疼痛感强烈，从周一起疼痛感温和，并不断减弱，下周三疼痛感消失。"这样可就棒极了！把一切都计划好，提前吃药、打点滴，然后躺好，休息吧，也就是疼痛吧！而下周三就可以在院子里计划打冰球了！否则时不时地被呼来唤去，就像故意刁难似的，一会儿是腿有问题，一会儿是手，或者全身……

此刻达维德·伊戈尔维奇正好检查完我的腿，去别的病房大嚷大叫了。他之前在找我时已经看过瓦利亚了，所以现在我又开始想亚历山德拉了。

我决定给亚历山德拉打电话并不只是因为她聪明，还因为她的专业很合适。知道她们专业的人叫啥吗？对，河川学家！所有河流的专家。研究河流怎么流，往哪流，为什么流，还有一年流几百万立方米……简单点说，有多少流到海里了，或者湖里，或者其他河里，如果河流不是独立的，而是支流。虽然偶尔有这样的支流，哇塞！任何"正常的"都会让步，甚至是满怀敬意地！比如安加拉河，嘿！您知道它一秒的流水量是多少吗？四千立方米！只是一秒！哇塞，简直是一个湖泊！这简直无法想象，智力所不可企及。四千！这就是力量，是的！

当亚历山德拉跟我讲安加拉河时，我可羡慕了。运用她的河川学专业，她就像地理学家，准确点说，专门研究某方面的地理学家，河流方面的地理学家。她在那儿考察过。

顺便说下，我在想，岛上，我们的岛上，无人的岛上，像安加拉这样的河甚至是容不下的。况且，我们为什么需要这么大的河？可以小一点，小十倍左右，这样就可以在那儿修建水坝，组织发电。

对了，为什么工程师斯密特没有修建水电站呢，而是建了个磨坊和那个……啊，液压起重机？可笑！这也算是工程师！修建水电站是再简单不过了：先是发电机，然后铺设电缆，这样就可以拧开正常的灯泡了！虽说如此，但他们连灯泡也没有……但不管怎样，水电站可是件大事！我一定会修建的，只是还需要在练习本里参考参考，可不要忘了尼古拉·巴弗洛维奇是怎么解释发电机线路图的。哦，这是为了不混淆……这些……相位和正负极。否则猛地被电了一下，请在太平洋里找"急救"吧，嘻！

我可是在说亚历山德拉啊。

我姐姐在某个学院的河川学教研室工作。她正在写学位论文。已经写了两年多了，怎么也写不完。我有天偷听到，好吧，偶然间听到，她向妈妈抱怨：某些"老旧而腐臭的大麻"正在"慢慢侵蚀"她，但"幸运的是，至少可以指望德米特里·谢尔盖维奇"，因为"他的学派很好"，并且"有人需要他坚实的肩膀作为依靠"。

嗯，这点我知道。那个带着卡宾枪的好同志也提到过德米特里·谢尔盖维奇，可能，他也是他们学派的成员。好吧，这只是我的猜测。这个同志的双肩：哇！毫不夸张地说，能把卡车从沼泽里拖出来。他会很乐意提供肩膀给亚历山德拉依靠[1]。

好吧，简单地说，姐姐亚历山德拉的所有参数都适合做这样一件重要的事，正如她自己所说。这件重要的事也就是为岛屿的地图提供意见。

我深吸了一口气。只需要给她打电话……这事吗，的确要这么做……

姐姐亚历山德拉，她比我年长！比！我！年！长！您能想象吗？不，您是无法想象的！因为她不只是比我年长一岁……好吧，甚至也不是两岁、三岁。而是整整十一岁！十一岁！不久前，我跟她的年龄差距比我的年纪还要大！好可怕，难道不是吗?！就是这样……

怎么能这样随随便便给她打电话呢？她立刻就会……额，她会着急，然后会发号施令，然后……哎……拥有这样的姐姐，这样年长的姐姐，我可提醒你……

当我还在想啊想的时候，不知不觉，我已经在走廊里了，现在正在医生办公室门外徘徊。缓慢地徘徊，一会儿往这，一会儿往那。我一直在想，打电话呢还是不打呢？还是打吧？

---

① "提供肩膀依靠"在俄语中指提供帮助。

因为如果不打的话，我之后会意识到我是害怕了。而意识到自己的恐惧——这是最糟糕的事了。那么，我是真的害怕了。像个胆小鬼似的！就算亚历山德拉姐姐向我发号施令一万次又能怎么样呢！

所以这会儿我对自己感到很生气，因为我想到，之后会意识到……好吧，简单地说，趁现在我还是如此果断，我快速地打开了医生办公室的门，并把头伸了进去。我想问问，能不能打电话。

然后我就问了。马上就问了！这是为了让自己来不及思考……哎哟，算了！

达维德·伊戈尔维奇已经坐在自己位子上了，一个人在看报纸。他马上回答道："打吧。"

就好像这要求并没有什么特别之处，好像他一直在等我似的。

然后他又把头埋进了报纸，埋进了《夜间莫斯科》版面。他在看最后一页，那儿总是会刊载最有意思的事。

我朝电话机驶去。我离桌子边小柜上的这部黄色电话机越近，就越不想打电话。这个主意可真愚蠢，真愚蠢！但是必须得打了。

然后我打了。先是往家里打，只是那儿没人接听。我一下子就高兴起来了，因为现在要做的就只是听十五下嘟嘟的声音，出于礼貌，我总是听完这十五声，然后再放下听筒。然后就可以安心地回家了，也就是回病房。因为没有人接电话，一个人也没有。

然而当我正高兴时，突然想起来，亚历山德拉告诉过我，她周六会在教研室，今天刚好是周六。庆祝新年。哎哟！为什么我就不能晚点想起来这件事呢?！比如，等我已经回到了病房?！要知道，一般人不会跑去请求打两次电话……可现在……

我按了按拨号键，在我改变主意之前又开始拨号了，往亚历山德拉教研室打。我很清楚地记着教研室号码，是亚历山德拉逼我背的。"如果有什么事，"她是这么说的。于是我就记熟了，如果有什么事。

好吧……教研室里几乎是马上就有人接听。亚历山德拉接了电话。"河川学教研室，卡什金娜！"她用低沉的、正式的嗓音说道，就像我最喜爱的电影里的一句台词"你好，沙皇！"[1] 我差点如是说道，不过还是改变了主意，只说了句："是我。"

---

[1] 这句话出自苏联电影《伊凡·瓦西里耶维奇改行》。

我觉得，亚历山德拉刚开始可吓坏了，因为她立马叫道："怎么了?！你是从哪儿打的电话?！一切都还好吧?！你身边有人吗?！你没摔着吧?！为什么不说话?！"好吧，怎么能说得上话，如果她怎么也不听，只是大声叫嚷？女人……

但我还是能够让她确信我不会立刻死去以及她不用马上赶来救我。我只不过是需要知道怎么画岛，岛的地图。

我知道亚历山德拉平静了下来，因为她已经不再大声叫嚷，而是开始埋怨，她立马说道，她现在不能打太久电话，同事都在等她，但她今天还是会来医院的。是的，对极了，今天星期六，家长们可以来探望。还有（哎哟！）姐姐们也可以来探望……

她果真来了。正如她许诺的：在四点钟来了。啊呀！她还带来了各种好吃的！不对，姐妹们偶尔还是能明白些什么的，这是事实，即便是姐姐。她甚至还带来了小蛋糕，两块，包在纸里了，纸上甚至还写了什么。我看了上面的字（我什么都读，简直是患了爱读的病），上面写道："文……清单"，中间一个字被奶油给抹了。可能是文献吧。可能是教研室庆祝会上的小蛋糕。清单也是。啊!!!"小拿破仑"牌，我爱，爱死了！还带来了白菜馅、肉馅和洋葱馅馅饼。还有糖：三颗"小白"牌，两颗"米什卡在森林"牌……还有三颗"晚钟"牌，带坚果的！还有香肠，正是我喜欢的硬香肠，还有蘑菇以及装在沙拉酱小罐子里的鸡油菌，还有……

啊呀，是的，她还给我带来了画筒，可以用来装图。她还从里面抽出了方格纸。方格纸是这样的纸：纸上每隔一毫米都画上了方格！我一下子就明白了：对于画图来说，它是最合适的了！纸上可以直接画上最小的线条，这可不同于练习本，甚至不同于一般的方格本。

棒极了！我开心死了，一下子就抓起了它们，也就是方格纸。有一张绿色的和一张橙色的。我甚至不知道，哪一张更好。

因为在第三张纸上……姐姐亚历山德拉已经画了。画了肖像，您瞧！

可我什么都没说。因为我自然知道我还没完全长大，应当客观地承认这点，像男人一样地承认……但毕竟已经有点儿成熟了，也许吧。我是这么想的。

当她把这张纸藏起来时，我甚至都没笑。画得特别像！只是要漂亮些。不错的学派。


*幸福的环境给殖民者们带来了巧克力和其他惊人的美味，这极大地改善了他们的心情。*

# 第五章
巨犀、大象、猴子，哦，还有……

　　我把方格纸展开，铺在了床上。绿色的纸。放在床上是因为床头柜上放不下，瓦利亚·杜别次又把桌子给占了。他不知何故在桌边喘气。

　　刚开始时我只打算仔细看这张方格纸，并不准备注意他。可他这样地喘气，简直让人无法不注意他！喂！

　　纸在床上也放不开，它总是卷成小细管。我的一只腿还这么不伶俐！我用枕头压住了方格纸的一端，另一端怎么也压不住。因为轮椅去不了那边，而我的腿上又有石膏妨碍着。

　　就算压住了另一端罢，可我怎么画画呢？难道在被子上画吗？要知道，被子太软了！弄破了纸可就全完了！完了！纸完了，一切都完了！因为亚历山德拉姐姐不会再次给我送纸来了。出于原则。她是有原则的，您知道什么样的原则吗？铁一般的，钢筋混凝土一般的。尤其在教育我这方面。她甚至曾经因为这事跟妈妈争论过，我偷听到的。好吧，偶然间听到的：她们很大声地悄悄争论。而当"很大声地悄悄"时，那可就没法听不到了！最好是用正常声音，那么就不会引起注意了，就可以不被听到。悄悄话总是一下子就引起注意。因为悄悄话意味着秘密。如果人们悄悄说话，这就意味着他们想隐藏什么。很有意思，是吧？父母以及大姐姐们怎么就不明白这一点呢?! 不过，他们不明白，这可能甚至是好事……我指的是对我们来说。

好吧，简单地说，这愚蠢的方格纸……当然不一定是愚蠢的，可它为什么总是打卷? 是的，我是在床上铺开它了。可接下来该怎样呢?

杜别次还在桌边喘气。他在那儿做什么? 我要到他跟前偷偷看下吗? 我可以这么做，当然了。只是这样的话，就成了我对他做的事感兴趣。可我一点儿也不感兴趣，我只是需要桌子。要是我过去的话，那么他就会认为我想……

我在原地转了转。一会儿往前，一会儿往后。还绕着自己转了转。在轮椅上这一点很容易做到：比如，紧紧握住右轮，然后用尽力气去转左轮。360度大转弯! 要注意的是，腿不能撞到任何东西，也不能撞到任何人。否则就像我上个星期一样，那时我们在走廊上竞速，差点没撞翻我的伊莲娜·尼古拉芙娜! 我简直惊呆了，她怎么会如此及时地往一旁跳开。健康的腿意味着什么? 我要是有这样的腿就好了!

我还想了想伊莲娜·尼古拉芙娜的腿，其实……额……也不是想她的腿，而是所有健康的腿。是的，所有健康的腿。要是我现在可以"一二一"地走起来，我便会这样做!

从病房，然后从科室沿着楼梯下去，这样比较容易，甚至不用等电梯，电梯是给病人用的，而我是健康的人，哈哈！然后从主要入口出去。就好像必须这样似的，我每天要这样走上一百次。没什么特别之处！

是的，然后我在院子里沿着篱笆走过新楼，走过老楼的一部分（老楼的一边向外露了出去），从大门出去。直接上街！然后还是沿着篱笆，但已经完全不是在医院里了，甚至可以不用想着篱笆了，甚至看都不用看它，只不过是一个普通的人在街上走啊走。人们自己的事还少吗？还会关心经过医院、经过医院的篱笆吗？只不过是碰巧路过罢了。他跟这家医院完全没有任何关系。没有任何关系！只是这样走着，用健康的腿。

这样便走到了公交车站。站在（那儿的长凳怎么坐啊）公交牌附近等车。只有这一班车到地铁站。共五站，在地铁里我会前往……好吧，甚至不知道该去哪儿……

噢，对了，我一定会先去古生物博物馆，然后给所有人买礼物。新年可是快要到了！或者先去买礼物，再去博物馆？不，博物馆还是应该先去，礼物拿在手上不方便。或许我拿着礼物和包，就不会让我进博物馆：万一我突然想把巨犀骨架偷偷藏到包里带走呢！嘻嘻，要是这样还挺棒！所以还是先去博物馆。虽然很遗憾，因为我不能在古生物博物馆里逛上个百把小时。好吧，脑子是可以的，只是腿……不不，我居然忘了，我的腿是健康的！今天可以慢悠悠地去买礼物，明天再去博物馆！去上一整天！先把博物馆整个跑一遍，这样就可以记住什么东西在什么位置（我可是十万年没去那儿了，上次去还是在五月呢），然后不用着急，还有一整天呢，而且腿也是健康的，慢慢地流连于我最钟爱的那几个地方。

甚至可以看一看三号厅，那里是关于莫斯科及其郊外的古生物历史。虽然莫斯科郊外能有什么古生物历史啊！您只需比一比：把长毛的猛犸或者大角鹿与莫斯科郊外比比。猛犸可不一定在那待过，它们在哪儿生存呢？它们可能在乌拉尔山上，或者在谢雷奶奶的家乡——卡累利亚；那儿有许多山和森林以及诸如此类。而在莫斯科郊外——只有乡间别墅①。我们家在那儿也有别墅。虽然我们家别墅旁正好有块这样的沼泽……总的来说，茂密的沼泽。沼泽甚至可以容得下一个中等大小的蛇颈龙，我是这么认为的。可整个莫斯科

①　俄罗斯的乡间别墅是俄罗斯人夏天或者假期休息的地方，它往往是很普通的小木屋，并不是财富的象征，普通人家一般都会在郊外拥有别墅。

郊外就这一个沼泽——有点可笑,可不是什么古生物栖居地。是的，要是腿是健康的，为何不去看看呢？我会看的……

当！这是我转过头了。我依旧在轮椅上转着，刚刚不过是在思考……不，我没有转过头，只是我的腿，那只石膏腿，触到了床头柜边上的画筒。画筒是姐姐亚历山德拉留给我装方格纸用的，它也响了响。幸好只是画筒！要是我撞到了床头柜，那可就像孟买大爆炸 ① 一样了！

我甚至生气了。当然，不是对自己生气，而是对这个瓦利亚·杜别次。他想干吗？就是因为他我差点转过头了！他霸占着桌子，我却在这儿没事可做，不会让他得逞的！

所以我快速地驶向桌子，然后在轮椅上坐直起来看看他在那儿做什么。杜别次赶紧用胳膊肘遮起来，只是没能遮住。我看到了！

"给我看看！"我说道。

跟他没法用其他方式交流，他只听得懂命令，有点神经质。

"什么，什么?！"他突然急躁起来，我甚至没料到这一点。

---

① 1944 年 4 月 14 日，停泊在印度孟买港卸货的一艘英国船失火，发生了一连串大爆炸：13 艘船只被毁，1500 人丧生，3000 人受伤，造成了严重后果。

"我说给我看看。"出于意外我用这种口吻跟他说了。

好吧，我用这种口吻，就像他是巴什卡似的，或者托利克，或者甚至是谢雷。不，不是谢雷。对，正是巴什卡或者托利克。

可杜别次，也就是瓦利卡①，突然朝我看了过来并把胳膊肘收起来了。刚刚还用它来遮挡。所以我现在能看到所有东西了，详细地看到所有东西。

他原来是在画画！其实不完全是在画画，而是在临摹。他有这样一张大纸，画画本里的，它非常薄，可以透视一切。卷烟纸。他把纸放在画上，然后就开始用笔临摹画了。甚至用了三支普通的笔：蓝色的、绿色的和黑色的。效果很棒。

还有画！画本身也很棒！杜别次偷偷地把纸抽走了，只给我看了看他临摹的那张画。小画儿可真不赖！刚开始我什么也没看懂，因为画上并不是简简单单的骑士或其他类似的东西。而是很多线条，线条都混在了一起，让人很难一下子分辨出是什么。然后我看到了眼睛！看到了耳朵！还看到了长着獠牙的鼻子！也就是长牙，还看到其他类似的东西。

画上画的是一场会战！有大象的会战！还拿着剑、矛，大象身上还画了小炮塔，还有弓，自然，还有画在空中的黑

① 瓦利亚的昵称。

压压的一群箭，还有……还有……然后我仔细看了看，便明白了。明白为什么杜别次要遮挡了。您知道画上是谁在作战吗？女人！她们只……好吧……完全什么都没穿！简单地说，光着！只是手里拿着剑和矛！还有弓！好，好棒！是的！可真不赖！

"真，真棒！"我说道。

杜别次只点了点头。

我立马就想把画给其他人看。也就是给托利克和巴什卡看。让他们来称赞称赞！我已经把画据为己有了，甚至差点掉头走了，可我还是突然想起，这幅画毕竟不完全是我的。是瓦利亚的。

"你，"我用画挠了挠鼻子，"你还要临摹很久吗？"

瓦利卡抽出了自己那半透明的纸看了看。我也看了看。嘻，还挺狡猾！他只临摹了大象和这些，额……女人，拿着矛的女人，而剩下的各种东西还没来得及画。

"那我去七号病房了，"我说道，"暂时，如果有什么事……"

我去了。当我开到门边时，我还在等着杜别次说点什么，可他却什么也没说。所以我这就驶向了七号病房，拿着画。

七号病房里的人正在喝茶，边喝茶边吃糖，我在进门前就看到了，因为他们病房里的桌子跟我们的不同，我们的桌子在拐角处，而他们的直接在房间正中央，在窗边。他们两两坐在一起喝茶。

很明显，茶是津琴科拿来的。厨房里的工作人员总是会给他，直接把沏好的茶壶给他。他们只给我无花果，不公平！我吸了口气，在门口转了下弯，开了回去。当然也不是完全回去，而是开向冰箱。因为我把"晚钟"放到冰箱里了，凉的糖要好吃上百倍，我是这么认为的。"小白"糖和其他的糖都已经被我吃了，所以只剩下这些了，都是最好吃的，我总是把最好吃的留到后面吃。比如，当我吃土豆和肉饼时，我就会尽量把肉饼留到最后一口吃，最后吃完，就着水果糖水。

可巴什卡却跟我正好相反，他会先吃完肉饼，然后坐着，把土豆泥抹得满盘都是。他不再会有什么快感了，只剩下土豆泥了。

所以我拿着自己的糖又回到了七号病房，回去喝茶。

津琴科一看到"晚钟"就一口咬住——差点没连着糖的包纸一起塞进嘴里，并立马往我的备用杯里倒了茶给我。他总的来说不是个小气的人，而是这样的……正如姐姐亚历山德拉所说："直爽的人。"

巴什卡和托利克也都得到了糖。三颗糖。托利克这样看着我……充满疑问，可我只是挥挥手。很明显，我拿来的糖，意味着我给自己也拿了颗。不管怎样，好吧，他们还有华夫饼，奶油华夫饼，所以我还要了华夫饼，这样没什么，嘎巴嘎巴响。

巴什卡马上开始用指甲打开包糖的锡箔纸。他准备之后用它们做斗篷，给骑士做，锡箔纸有金色的和银色的。这样没什么不行，只是很难把它们放进小袋子里，它们会被撕破的。当然不是骑士被撕破，而是斗篷；那样就要重新做了，或许暂时先把它们放到床头柜上，如果觉得可惜的话。只是不能放太久，助理护士一定会老想着把它们扫进垃圾箱，也许女管理员卓娅·阿列克谢耶夫娜还会大喊大叫的，她们会妨碍的，她们认为这不合规章。怎么会？她们有这精力还不如去毒死蟑螂，我是这么认为的。

巴什卡还把托利克的锡箔纸拿了去，我们却还在吃华夫饼。原来这是巴什卡的华夫饼。茶还热的时候，巴什卡终于问道："你那是什么？"

哎哟！我还以为没人会问呢！我特意把画放在膝盖上，并把空白的那一页朝上，这是我的阴谋。

"是这样的。"我说道。我把画展示给他们看。

咻！津琴科吹了一下口哨。"民间儿童创作，可真不赖啊！她们这是在跟猴子作战吗？"

跟猴子？！我再次仔细地看了看画。的确是，她们，额这群……女人正好是在与猴子作战！我第一次甚至没看出来。可能是其他什么东西让我分心了。

巴什卡和托利克只是看着，而津琴科一直在不断点评："不，你瞧她们是怎么厮打的！这已经不是写生画了，"他甚至把重音放在"写生画"的最后一个音节上，很有趣①，以后也应该这么说，"是的，这不是列宾和艾伊瓦佐夫斯基！这应该放到生物学课本里。人类的起源，根据达尔文学说。"

"什么样的起源？"巴什卡请他再说一遍。

我什么也没问，因为我听懂了津琴科是在说……额……这个……额……简单地说，我懂了。

"是这样的，"津琴科完全开心起来了，他开始把画往各个方向摆布。"来自猴子的起源！"

托利克自然也是全都明白的，巴什卡现在也懂了，他开始嘿嘿地笑。

"你啊，绍斯，"津琴科用巴什卡的姓来称呼他，就像

---

① 俄语"写生画"重音应在第一个音节上。

在学校里一样①，他继续说道，"也算是找到老师了。"

"你啊，亲爱的，想从什么进化，什姆巴尼采②吗？"津琴科甚至说得有点像"希姆巴尼杰"，"或者从马卡强？也许不，可能从艾伯拉姆·古唐③?!"

津琴科的玩笑还停留在幼儿园阶段！也就是史前时期，三叠纪时期，第三纪时期，公元前。我们很久很久之前，秋天，九月，在班里这样消遣过。

"他可能起源于吉本斯，"我慵懒地强调道，"而我则可能起源于加夫里拉。某人……某人可能直接起源于伽玛德利连科！"

哈哈，加夫里拉也就是大猩猩④，当然了，这是很棒的野兽！瞧它那双拳头！出击一次便让狮子变成了肉饼！而长臂猿⑤却也没什么，它们很可爱。它们不像令人厌恶的阿拉伯狒狒⑥！

---

① 俄罗斯中小学老师一般用学生的姓来称呼学生。

② 俄语中"什姆巴尼采"去掉一个音节"尼"就是"黑猩猩"，此处为小主人公所玩的文字游戏：给动物加个音节变成人的姓名，后文还出现了类似文字游戏。

③ 亚美尼亚人马卡强和犹太人艾伯拉姆·古唐主张黑猩猩也是人，也有人权，最终纽约法庭判定黑猩猩无人权。

④ 俄语中"加夫里拉"去掉一个音节"夫"就是"大猩猩"。

⑤ 俄语中"吉本斯"去掉一个音节"斯"就是"长臂猿"。

⑥ 俄语中"伽玛德利连科"去掉音节"科"就是"阿拉伯狒狒"。

"为什么是伽玛德利连科？"津琴科跳起问道。

"好吧，"我说道，像是好好思索了一番。"那就起源于巴维安年科……"

然后我稍微想了想，其实是做出想的样子，继续说道："巴维安年科 – 克拉斯纳若鹏科①！"

托利克和巴什卡已经笑疯了，巴什卡甚至都笑出了眼泪。而我却坐着，好像没事一般。刚开始时，津琴科做出傲慢状，但是没一会儿便忍不住也笑了出来，并把画扔在桌上："算了，孩子们，你们玩吧，我走了！"

他走了。孩子们！我也算……也许他是去找他的瓦列奇卡②了，或者去五楼找小女生了。所有人都知道，整个医院都知道，他们在"治疗"时……接吻，一个人都没有的时候。你想想看吧！物种的起源……

我再次看了看画，不知为何我不太想临摹它了。所以我吸了一口气，又吃了一块华夫饼，巴什卡和托利克也吃了块华夫饼，又吃了一块。华夫饼和茶都吃完了，我把画送了回去。给瓦利亚……也就是瓦利卡·杜别次。让他画完它，如

---

① "巴维安年科"去掉"科"意为"狒狒"，"克拉斯纳若鹏科"去掉"科"意为"红屁股的"。

② 瓦利亚的昵称。

果他愿意的话。

在岛上发现了史前野兽的墓地可真好！比如，板齿犀……

激烈的地质痕迹印刻在废石堆和岩石坡上，地球古代居住者的骸骨也掩埋于此，这些痕迹诉说着岛屿的过去，它们时常会出现在我们主人公的眼前，并完全征服他们。

# 第六章

## 你们的人来了！

把图鲁汉诺夫给送来了！好吧，廖什卡①·图鲁汉诺夫，被放在床上了。原来这还是发生在夜里的事。

斯拉夫卡－季格尔②带来的消息。他在走廊里飞跑时遇见了我们，然后就大声叫喊，像个精神不太正常的人似的。

"注意，注意！想听笑话吗？"

他为了能好好地讲，特地吸了一口气鼓起胸来。我甚至抬起眼看着天花板。斯拉夫卡的笑话可真是幼儿园的水平！老掉牙的笑话，比剑齿象和板齿犀的颅骨还老。只不过讲这个并不体面。好吧，能期待一个三年级的学生说些什么？！

"嗨，注意！"斯拉夫卡呼出一点儿气然后兴奋地说，"塔拉斯·布尔巴对自己儿子说'我用什么生育了你，便用它来杀了你！'③"

他自己诚恳地笑了。斯拉夫卡的笑声具有传染性，让人也想跟着笑。我没忍住，也笑了起来。然后我理所当然地问道："嗨，季格尔，塔拉斯·布尔巴是谁，你应该知道吧？"

斯拉夫卡摇了摇头。自然，三年级学生从哪儿知道布尔

---

① 阿列克谢的昵称。

② 季格尔在俄语中还有老虎的意思。

③ 塔拉斯·布尔巴是果戈理同名小说《塔拉斯·布尔巴》的主人公。

巴啊。

哎，我有时很羡慕斯拉夫卡，也就是季格尔。羡慕与嫉妒并存，羡慕和嫉妒相间，尤其当他在走廊里疾驰时，就像飓风"玛蒂尔达"一般，他的拖鞋都跟不上他的脚步，独自奔跑着。幸运的人！任何时刻，他总是可以沿着楼梯往下跑。去老楼的小卖部？请便吧！甚至也可以沿着楼梯，虽然那儿的楼梯，嘻！坦克都能开过去。楼梯是这样的宽，所有台阶都像被削平似的：已经不是楼梯了，而是斜坡。当然啦，百余年来已经如此多的人在它上面行走、奔跑。斯拉夫卡－季格尔可能任何时刻在上面走。好吧，几乎在任何时刻，当然了，他也是我们的人，他不只是在医院里闲逛。我们是突如其来的人，安德烈·尤里奇爱这么说。今天我们还在跳舞，明天就可能躺下了。你们的人来了，来这儿向所有人打招呼吧。

可我们所有人都是。斯拉夫卡也是这样，只是他更常进医院些，不过是这样罢了。不过并不总是这样，可以理解⋯⋯偶尔这样罢了，甚至是经常这样。

他在走廊里飞跑，讲着幼儿园水平的笑话，穿着比自己大一百倍的T恤，不过T恤上印有老虎，胸前印有老虎的脸，背上也有。这件T恤是达维德·伊戈尔维奇赠送给他的，我知道，所有人都知道。还有一件，条纹T恤，却是橘色，也是老虎主题的。

拖鞋是卓娅·阿列克谢耶夫娜给他拿来的，还有运动裤。它们虽然没有条纹，是蓝色的，却还合乎大小。他就这样飞跑着。如果他的腿是健康的，为何不奔跑呢？所以我有时候会嫉妒他，他实际上可以无忧无虑地奔跑。

或者甚至可以直接从大厅的入口出去然后……好吧，我也不知道，直接回家。直接回家……

我的伊莲娜·尼古拉芙娜昨天说，他的妈妈，也就是斯拉夫卡的妈妈又被强制送进去了，这是真的。因为酗酒。伊莲娜·尼古拉芙娜还说但愿她可以帮得上忙，这一次能帮上。而斯拉夫卡被送来了，他毕竟是我们的人，安德烈·尤里奇总是会接纳他的，甚至在他没什么毛病时。否则又能把他安顿到哪儿？而其他的医生和护士，还有各种妈妈自然会给他送来衣服，或者送点家常食物给他吃，他现在连家常饭菜也没得吃，他就这样奔跑着，这只小老虎。

是的，我羡慕斯拉夫卡……有时候。嫉妒，有时候。

我突然有点分心，因为我听到了巴什卡在放肆地大笑。我甚至转了转轮椅，朝他看去。他确实是在放肆地大笑！因为笑话。这没什么，他难道不知道这个笑话吗？！真令人难堪！我也能讲！总的来说，不公平。

"这是廖什卡告诉我的！"斯拉夫卡继续得意扬扬着，他因为自己的笑话博得众人的注意而感到自豪。

"哪个廖什卡？"托利克问道。

"难道是图鲁汉诺夫？！"猜到这一点，我吃惊地说道。

好吧，猜中并没什么困难之处，我们这共有五个廖什卡。算上那些一年只出现一次的人。还算上可以用这样的笑话来侵蚀斯拉夫卡的（就他的年纪而言已经是成年人了）。不用想太久，当然是图鲁汉诺夫了。他完全没把斯拉夫卡与其余人区别开来。就好像他可以跟我或者托利克讲同样的东西。三年级的孩子们。

廖什卡·图鲁汉诺夫两周之前已经出院了，现在在这儿做什么？当然了，我们是突如其来的人，可也不是这么的……

"图鲁汉诺夫！"斯拉夫卡不住地点头，头发散落到了脸上。他从下嘴唇吹出气把它们吹散，就像电影里做的一样，顺便说下，他完成得可真棒！然后继续说道，"他是晚上被送过来的。只是刚开始没有送到我们这儿来，而是送去新楼的七楼。"

我点了点头。现在清楚了。新楼的七楼是复苏室。从远处便能看到它。尤其是晚上。所有窗户都是黑漆漆的，只有某些窗口还亮着值班室的灯以及整个七楼都闪烁着蓝色的灯光。手术室、特别护理和复苏室。

只是我们的人没人会这么说，即在交谈中没人会这么说。这是这样一些……专业术语，从疾病史来的，正常的人是不会说"既往史"或"关节腔出血症"的，只有医生会这么说。

"如果他在新楼的七楼，他是怎么告诉你的？"托利克问道。

是的，怎么告诉的呢？复苏室，不管那儿是怎么叫它的，它终究是复苏室。不会随随便便把老虎放进去的！

"他已经被挪地方了，"斯拉夫卡挥了挥手，"他现在躺在二号病房！"

图鲁汉诺夫的确躺在二号病房。当我们去看望他时，我一下子就明白了，为什么一开始要把他送到新楼的七楼。绷带在他头上缠成了头巾，就像电影《沙漠白日》里的巴斯马赤①，要是把一只眼睛遮住就更像了。已经不是头了，而是彻头彻尾的木乃伊。

"啊，卡什金同志和小伙伴们！"图鲁汉诺夫半笑着说。半笑，是因为头的左半边被缠上了绷带，没法正常笑。"你还在这儿躺着，屁股还没生褥疮？"

---

① 《沙漠白日》是苏联时期一部非常有名的电影，巴斯马赤指的是1918—1924年间活动在苏联中亚细亚一带的反革命匪徒。

"很快我就可以出院了。"我挥了挥手。

当然会出院!

我们刚安顿好准备开始交谈,托利克就被叫去"治疗"了。又是维他命。卡佳·瓦西里耶夫娜亲自来叫他的。她看到了我们一群人转进二号病房。"走吧,亲爱的,走吧,可别让滴管等着,它可不喜欢等人。""不喜欢。"好像有人问过我们,我们喜欢什么似的。只是滴管没有我们也能活下去,甚至会活得更好点儿,它会躺在箱子里,可我们没有滴管却……

而我和巴什卡留下来了。

"你这是怎么了?"巴什卡问道。

"哈,"我补充道,"这已经不仅仅是匪徒的子弹了,像是被马刀砍伤似的!"

想象着图鲁汉诺夫骑着战马手握马刀的场景,我跟巴什卡不约而同地放肆哈哈大笑。或者不!最好是骑着骆驼!我可不是随便提到《沙漠白日》的。

可廖什卡的脸却再次因为半笑而扭曲了。

"哦哦哦……不是马刀……"他拉长了音说道。

他煞有介事地拉长音,说,你们猜猜。我们不再放肆地哈哈大笑了。看来是件严肃的事!

"那你这是在哪里弄的?"巴什卡严肃地问道。

"哪里，哪里？"廖什卡哼了一下，"在家大门口里！"

他特意把重音放到最后一个音节，这样显得有韵律。诗人的派头。

"你还会正常说话吗?!"巴什卡忍不住说道。

"有什么好说的，"图鲁汉诺夫又哼了一下。"我触霉头了。因为愚蠢，我触霉头了。主要是我在通行处把爸爸的工资给拿走了，他没喝酒时是那么安静、顺从。关键是得在他单位入口的通行处拦住他，好吧，趁他没来得及去……哦，就是这样。然后我就回家了，切列普和他的伙伴在我家大门口附近。我还以为我能跑得掉，却……没跑掉。"

"难道打起来了？"巴什卡问道。

"没有，"廖什卡恼恨地嘟哝了一下。很明显，他很难受。"我自己把钱交出去了，还深深鞠了个躬！我说：'请笑纳吧，这是我爸爸的所有工资，我是专程给你们送来的!'"

"一个人对付一帮人是不容易。"巴什卡指出。他说话的语气好像他每天要击退十来个人似的。我从未跟几个人打过架。当然，一对一单挑还是经历过……

"要是我，我就跑了，"廖什卡说道。"我会马上砍倒封住楼梯的那个人。我的包里有铁片，我把包往他脑袋上……砸去。可切列普会有反应的，他可是拳击的预备健将。这……"

所有人都沉默下来了。打架是这样一件事……关键是——及时。我指的是对我们这些人来说。关键是弄明白，你的时间并不多，时间勉强够用。打完架毫无疑问会进医院，就像喝完酒。脑袋上挨几下，就会被送去新楼的七楼。或者内脏上挨几下。甚至即使是手腿挨几下，也要"你好，滴管，好久不见！"可这一切都是之后的事。打完架之后。这意味着什么？意味着，完了，没有及时阻止！也意味着，打架时不用怜悯自己，也没什么好保护自己的了，现在应当尽一切可能痛打对手。也应当用尽一切不可能的方式去痛打。

我甚至已经不怎么打架了，在学校里已经约半年不曾打架。那还是在学期开始，九月，我差点把隔壁班的斯梅塔宁的一根手指给咬没了（后来他必须得缝针了，就该这样对他，坏蛋），就是这样。之后就没人敢惹我了。好吧，我是说那些知道这事的人。

斯梅塔宁的妈妈后来去找我父母闹事了。哈，她算是没找对人。她碰上了亚历山德拉。亚历山德拉姐姐仔细地听着一切，然后打开了冰箱（我从隔壁房间偷听到），对斯梅塔宁娜[①]说道："这是药酒，用蛤蟆菌泡制的。您知道尼古拉（她是这么称呼我的）有病吗？我们就是用这个。顺便

———————
① 即斯梅塔宁的妈妈。

说下，蛤蟆菌维京人也用过。巴萨卡也用过。整个欧洲都惧怕它们。所以……"

斯梅塔宁的妈妈立马就泄了气，匆匆告辞后便离开了。哈哈，她相信了！可后来亚历山德拉姐姐没完没了地因为这事纠缠我，她说，"应该以和平方式解决矛盾。"不过关于蛤蟆菌一事在学校里流传开了，所以我还是很敬佩她。就让她纠缠吧，如果这会使她好受点。

不过冰箱里确实有蛤蟆菌。只是我不是用它们来治病的，当然不是。是妈妈的一个远房阿姨送来的，她在什么地方听说它们很有益。她总是不断地拖东西来，一会儿是蛤蟆菌，一会儿是……喜来芝。妈妈一开始把它们放在冰箱里，后来在"大清洗"时亚历山德拉姐姐把所有这些都扔进垃圾通道里去了。

也就是说图鲁汉诺夫不是很走运。拳击的预备健将——可不是开玩笑。被击中一次，你们的人就没了。准备来这儿跟所有人打招呼吧。

"钱被抢走了？"巴什卡问道。

廖什卡没来得及回答。因为此时门开了，警察进来了。胖胖的、温厚的警察，肩章上佩有队长标志的星星。他看上去像只熊。

"你好，你好啊，图鲁汉诺夫。"他说着坐到椅子上。

椅子发出吱吱声。

"您好，格里高利·马特维耶维奇。"廖什卡用无聊的声音回答道。

当你在课上被点名回答问题，并且你已经知道你没救了时，便会用这样的声音回答。

"你为什么不作声？"胖胖的队长问道，"我收到消息，说我管辖区内发生了斗殴事件，并且有人受伤了，可受害者却保持沉默，并没有报警。"

的确是他的管辖区。

"好吧，我们走吧。"我说道。

"好的，走吧，"巴什卡说道，"只是你告诉我吧，你把钱给他们了吗？"

"钱？"队长精神一振。

图鲁汉诺夫这样地看着巴什卡，这样地看着……然后就开始很快地说些不是很清楚的话了："快走吧，你们快走！你们不是要去治疗吗？巴什卡你不是还要照紫外线吗？"

"我都已经可以出院了，"巴什卡对他所说的置之不理，"明天我就会在家里了，如果我不和拳击手打架的话！"

然后他笑起来了，如此开心地嘻笑。队长把自己胖胖的身躯转向图鲁汉诺夫，这一下他更像熊了，像洞熊。

"等等，难道是切列普科夫把你弄成这样的？拳击手？"

他低声说道，"这样，这样……是因为钱？你们是打架了吗？切列普科夫和他的伙伴沦落到抢劫犯罪了？"

廖什卡再次这样地看着巴什卡，这样地看着……我正好在轮椅上转了转，使尽力气用石膏腿顶了顶巴什卡的屁股。

"走吧。"我说道。

"格，里，高，利·马特维耶，维，奇。"图鲁汉诺夫开始说道。

剩下的我就没听到了。我把巴什卡催走了。

"你这是干什么?!"巴什卡在走廊里生气地问道，并揉了揉被弄痛的部位，"您这是干什么?!"

"不干嘛。"我嘟哝道。

然后疾驶回我的病房。我今天甚至也不想画画了。有时候巴什卡可真是个十足的笨蛋。总是胡说，他突然会产生愚蠢的想法。甚至还是在警察面前。是的……可万一他们还是找到钱了呢？毕竟……你们的人来了。


因为突如其来的精神负担，殖民者们在寂静中度过了这一夜。

# 第七章

## 一个印第安人叛徒

托利克要出院了！星期一，一大早。这个消息自然也是那个季格尔带来的，当我们还在吃早饭时。我的嘴里甚至卡了一块奶酪。怎么会出院?！为什么?！这会儿医生还没开始巡视，还早呢。医生们刚刚才来上班。怎么会来得及给他办出院手续?！我呢?！

嚼完了奶酪，吃完了面包，趁还清醒着，甚至还喝了几口燕麦粥。哎，得喝茶了。真讨厌。

"为什么这么早就给他办出院手续?"这是杜别次问的。

为什么，为什么！我什么也不明白，可他却拿自己的问题来问我！要知道我昨天还把他当个人物！

"康复了，"我嘟囔道，"完全!"

瓦利卡开始只是笑了笑，后来便放肆地哈哈大笑。好吧，我也放肆地哈哈大笑，没忍住。完全康复！我们！好吧，也就是我们的伙伴！完全是胡说八道。可笑之极。是的，可托利克为什么会如此走运？一大早？

关键是没人可问！季格尔跑去传递消息了，医生都在开"碰头会"，护士也都在奔跑着，刚换完班。总不能问济娜这个娘们儿！她倒是刚来拿餐具了。你要是问她……

早餐后时间拉得就像弩弓的皮筋一样。是好的皮筋，"匈牙利女人"牌。这样的皮筋你可以拉，拉，拉……箭都不够长了。手指疼得无法握住了，变得惨白惨白的，可你一松手，哈哈！不亚于全力开火的船炮！

想到开火，一下子就想起了船，于是想起了托利克高超的画技。思绪会传染。可现在他完全可以出院了。哪里可以去伸张公平正义？！

我想了想，觉得这么种想法是不对的，可怎么也无法停止这种想法。可托利克是怎么做到的呢？

只能等到巡视时才能弄清楚。刚刚我的伊莲娜·尼古拉芙娜走进了病房，我赶忙问道："伊莲娜·尼古拉芙娜，伊莲娜·尼古拉芙娜！托利克真的要出院了？！"

"首先，卡什金，"她说道，"早上好，卡什金。还有你，杜别次，早上好。"

医生自然是最好的老师，不过……

"早上好，伊莲娜·尼古拉芙娜。"我们和瓦利卡几乎一齐回答道。

"现在可就完全是另一回事了。"伊莲娜·尼古拉芙娜笑道。

当她笑时，你是没法生她气的。

"克拉斯诺夫[①]，"伊莲娜·尼古拉芙娜继续道，"一切都正常。所以让他出院了。在家治好。"

"怎么会……额……这么早让他出院？"杜别次那儿传来声音。

我还没来得及问。

"他父亲今天早上来接他，来得比较早，"伊莲娜·尼古拉芙娜解释道，"他跟安德烈·尤里耶维奇商量好了。"

现在清楚了。是的，要是父母要求的话，一般来说我们是会被放走的。医院也知道，我们不是被放到空阔的田野。好吧，我指的是我们亲人了解我们的受伤情况。譬如，比地区诊所里的外科医生要更了解。

哎，我那会儿真愚蠢，没有求亚历山德拉姐姐早点来接我！这自然也没什么，新年前肯定会允许我出院的……当然会允许的！他们敢不允许试试！可今天已经29号了！可怕，只剩两天了！哎，还是应该求亚历山德拉让妈妈早点过来接我的！

我这样沉思着，错过了检查。伊莲娜·尼古拉芙娜自然不会检查太久，没啥好检查的，除了石膏就是石膏，我可是想要求出院的！什么时候可以让我出院？可伊莲娜·尼

---

① 瓦利卡的姓。

古拉芙娜已经跑去另一间病房了。哎，现在只能在走廊里找她了。

医生巡视完后我立马去找托利克了。有人要出院！这样的事……总的来说很重要。

我开进了走廊，可我却转了个弯又回到自己的床头柜跟前。忘记拿方格纸了。应当让他瞧瞧，我们可没有光顾着抛洒热泪。由他羡慕去吧！虽然方格纸跟出院相提并论的话，自然……我吸了口气。你又能说些什么呢！

七号病房刚刚还是疯人院。托利克跑来跑去，把自己的东西往某个叔叔手里的棕色包里装。好吧，这位叔叔自然是托利克的父亲。因为他一直在喊叫："儿子，牙膏没忘拿吧？儿子，床头柜里的睡衣拿了吧？"

他摇着头（他的头挺大的，大脑门儿，他的眉毛简直与托利克的如出一辙），检查着还要拿什么。

"儿子，窗台上还有……"

"那是我的！"津琴科立马叫道。

他的反应是对的。因为托利克已经开心傻了（居然允许他出院），他看都不看一下就准备把窗台上的所有东西都搂走。

他已经把医院的毛巾也塞进了包里，所幸，我和巴什卡、津琴科察觉到了，并不约而同地叫道："这是医院的！"

托利克抖了一下，把毛巾扔在了床上。像扔蛇一样。响尾蛇。

我们的人都知道，不能把医院的东西带回家！不可以！如果带了，那么医院可就缠上你了，跟着你一起走。那么你在家也待不长，医院会把你拖回来的。

好吧。当你收拾东西出院时，你总是会显得有点不太正常。这是出院本身在作怪。各种毛巾、水杯、勺子和铅笔在大厅里都有，这是为了防止它们忽然没有了，它们可是一心想要往人的手里跳，它们希望人们会带走自己。没有人，也没有东西想在医院里度过这一生，这是对的。可总是没法做到这一点！铁一般的规则。所以托利克抖了一下，这一点也不奇怪，差点就完了！

"儿子，你全都收好了？"托利克父亲再次问道。

托利克停了下来，并慢慢地用眼睛扫视了整个病房。慢慢地，慢慢地。再次扫视了。医院的东西不能带走，可把自己东西留在医院——还要更差些。把自己东西落下了，你就一定会再回来的。谁想这样呢？我上次好像是所有东西都收拾好了。所有，所有！后来发现，原来梳子忘在浴室了。这……

所以不光托利克自己在检查，我们也帮他看了看。津琴科甚至推开了床头柜，万一有什么东西掉到那儿呢。没有，都很干净。托利克便再次跑去了浴室，在那儿检查牙膏、牙刷还有肥皂。梳子，万一又是梳子！没有，他并没有落下。

他的父亲扣上了包（包装得满满的，简直是可怕，当你住院了，能收拾出多少东西啊）说道："怎么样，儿子，走吧？"

他的声音那么轻，简直好像犯了错似的。这可以理解：他看了看我们，也就是看了看巴什卡、津琴科还有我，我们都坐着（巴什卡和津琴科坐在自己床上，我则坐在轮椅上），看着托利克。

托利克也看了看我们。

"好的，爸爸，现在就走。"他说道。

然后转向我。

"你想让我，"他说道，"教你画帆船吗？"

"好吧，没必要！"我说道。

可托利克已经去拿了画画本，巴什金的。可以理解，他早就把自己的东西收进包里了。我以为他还会拿支铅笔或者钢笔，可托利克只是这样狡猾地看着我，像是要变戏法似的。

"你瞧。"他说道。

他稍微折了折画画本，使纸弯曲呈弧形。然后他稍微松开手指，让纸四处散开，单独地脱落下来。然后向我侧过身来。

"你看到了吗？"托利克问道。

有什么可看的？画画本就画画本罢，纸……可我仔细看了看后，差点没叫出声来。帆！帆！原来是这样！帆就像画画本里的纸一样，一个藏在另一个后面。我的所有帆（好吧，我画的所有帆）都是正常的，而不是杆子上挂的被单！只是我忘了把剩下的画上去，它们藏在前面帆的后面，所以看不见。几乎看不见。几乎！几乎看不见，可还是能看到一小片。这就是我的不足之处！托利克画的所有那些三角形和细条线应该就是剩下的帆！好吧，我真蠢！真愚蠢！

"哈，"我说道，"你考虑一下！"

然后我展开了方格纸，继续说道："我们需要你的帆！你瞧我有什么！专门用来画岛屿的地图！姐姐从他们地理学院拿来的，这可不仅仅是这样！"

方格纸自然是征服了托利克。他差点求我给他几页，甚至舔了舔嘴巴。当托利克非常想要什么东西时，他总是这样做。可他转身看了看父亲，看了看包……当他再次看向我时，我明白他已经离我们很远了。在家里准备过新年。他的心完全不在这儿了。方格纸对他来说也没有任何意义了。

托利克就这样离开了。

后来我在走廊里找到了伊莲娜·尼古拉芙娜，趁着还没改变主意，我立马问她关于出院的事。伊莲娜·尼古拉芙娜刚开始并不想作答，然后说道："可能明天吧。"她脸上马上露出了抱歉的表情，就像妈妈把我从街上叫回家吃饭，让我吃完之后继续玩时脸上出现的表情。因为她自己知道，没有"之后"了，因为吃完晚饭就得做作业和睡觉。从伊莲娜·尼古拉芙娜脸上的表情可以明显看出这一点。

我可能立马做出了愁苦的表情，因为伊莲娜·尼古拉芙娜突然说道："是这样的，小朋友。你的情况比较特殊，我们不会这样仓促地做出决定。明天……明天我请安德烈·尤里耶维奇对你的情况进行会诊，能忍到明天吗？"

明天？能忍到，当然了！因为明天，明天一定会回家！会诊后不可能做出其他的决定！不，一切都结束了，明天就再见了，医院！

我兴奋地在走廊里来回驱车。当我全速转弯时，轮椅的轮子甚至发出了咝咝声。哟吼！小心，人们！有一次差点撞到了我们新来的护士斯维特卡，她当时抱着一整箱注射器走着。斯维特卡立马开骂了，可我坐着笑。骂吧骂吧，明天我就不在这儿了，哈哈！

从"哈哈！"开始，我的思绪又跳回了船和岛。岛很清楚，可船……船……趁着自己还没开始怀疑，我快速地回到自己的病房，找到我的画画本，开始画双桅横帆船。为了画快点。船角刚开始画得有点弯曲，可我深深吸了一口气，闭上一只眼，然后开始想象它应该是什么样。然后开始画了。帆！画成了帆，而不是杆子上挂着被单！乌拉！谢谢你，托利克！

我刚想到托利克，巴什卡就瘸着腿进病房来了。挂着自己忠诚的拐杖，显得很郁闷。

"巴什，"我问道，"你怎么了？"

巴什卡走近桌子旁，松开了拳头。拳头里躺着一个孤零零的棕色印第安人像。它穿着红色裤子，头发里插着红色羽毛，手里拿着战斧。

"卓娅·阿列克谢耶夫娜重铺了托利克的床，"巴什卡说道，"床上被套里发现了它。"

巴什卡摇了摇掌上的印第安人，托利克的印第安人。

哎，托利克啊托利克！如此仔细地收拾，还是忘了拿印第安人，他把一个印第安人叛徒落在被单里。这意味着他还会回我们医院。这就是命运。

她们送来了午饭，巴什卡瘸着腿回去了，趁着济娜娘们儿还没大喊大叫起来，他把印第安人放在桌上。我驶近人像并把它放进了床头柜里，想跟印第安人叛徒玩。我绝不会落下任何东西的！绝不会！

　　殖民者们并没有向命运的打击低头，他们继续坚定地直面各种危险。

# 第 八 章

## "薄荷"茶和野味

巴什卡走了，印第安人消匿于床头柜，济娜娘们儿把午饭送进病房了。吃午饭永远是件好事。我爱午饭。当然午饭也各有不同。有时普通的肉饼会和煎土豆搭配，有时还会给烤通心粉，配上羹，可以理解。但午饭毕竟不是早饭，百分百不会有粥！

午后小吃则完全不值一提。酸奶配一块饼干，或者两个苹果。或许还有其他诸如此类的……总的来说根本不是食物，只是摄食而已。应当一天摄食四次，所以就想出这一招。哪怕是给点白面包啊！配点葡萄干。或者巧克力蛋糕，这也是不错的小吃……可是不会的，谁会在医院里给你蛋糕啊？如果从家里带来的，那就是另外一回事了。可家里的东西最好留在晚上吃，晚饭是六点钟，晚饭之后呢，难道饿死？

更何况晚饭比午饭要差。当然了，并不像早饭一样，可还是差。不仅如此，有时候甚至是什么也没有，比如只有焖土豆。有时候只有煎鸡蛋饼。或者只有沙拉配煮的鱼。怎么会想到这种东西——煮的鱼？！而不是鱼汤，鱼汤我还可以理解，也挺爱吃的。如果只是鱼，某种大西洋鳕或者其他什么鱼也好，可是煮的鱼！还配沙拉。含有丰富维生素的，白菜胡萝卜的。真可怕。还好总是很多面包，这样就不会饿死了。

早饭也是靠面包拯救。蘸点油。还有鸡蛋、奶酪或者甚至香肠来配面包。可以撑到午饭。这就是午饭！首先是汤。很少有完全不好喝的汤。我记起了：土豆汤里面加大麦米——令人无法忍受。可每周四都会加大麦米，可周四之前我就会离开这儿！今天周一，今天可没有什么大麦米。正常的汤加了细挂面，上面还漂着胡萝卜。

当然了，有时也会发生令人不快的事：恐怖的东西会落在盘子上。煮洋葱。这……这漂浮的粥。滑腻的、黏稠浓密的粥和正常的细挂面粘在一起，混成一团。真可怕，除此之外还能说什么！味道……我甚至都不知道它的味道，只有傻子才会尝。

但是今天没有这样可怕的东西，有汤。甚至往汤里加了上好的细挂面，汤可不是盘子上加点水。第二道菜是小的通心粉，妈妈称它们为"小硬壳儿"。而津琴科称它们"小贝壳"。就让他自己吃贝壳去吧，跟牡蛎一起吃。我甚至都不想去想：盘子上有贝壳，里面是泥土。不对，"小硬壳儿"要正确得多！妈妈是这么说的，所以我也这么说。

"小硬壳儿"上加了带肉的点心。这自然不是肉饼，但也没什么，完全可以吃。炖肉配鸡蛋，还有一些其他的东西。盛在烤盘上。很体面，尤其是……

"卡什金，你这是去哪儿?!"这是济娜娘们儿说的。

跟她解释，可最好不要发生冲突。她反正也不怎么听。所以我只是快速地从病房冲出来，驶向冰箱。趁热度还未消退。以最大速度转弯——轮子甚至冒烟了！或许是我的手在冒烟，这样搓轮椅。但速度可真快！午饭时这样快速行驶很舒服：走廊是空的，所有人都坐在病房里大口喝汤。我得快点赶回去，否则饭凉了就不想吃了。可是得先去冰箱那儿一趟。

冰箱里有我的洋姜，它是肉饼或者这个带肉的点心的最佳配料！我甚至可以就着面包吃洋姜。如果洋姜不是最简单的那种，而是凝乳的，那么可以配热土豆。哇！真美味！就是这样，一定要用洋姜配点心。

当我回到病房时，济娜娘们儿已经走了。她却给我倒了杯很稀的水果糖水，而不是杜别次的那种！他杯子里的杏干甚至都会溢出来，可我的糖水里只有两块干果子竞逐着。她真是不怀好意，济娜娘们儿，还有什么好说的！

可我也不会让她毁了自己的心情。这可是午饭！我先把汤喝了，就着面包喝。午饭时总是会给两块黑面包和一块白面包，不过汤还是就着黑面包好喝。可是汤毕竟不是食物，我对汤并不反感，可汤水是吃不饱人的。我的观点是这样的。

第二道菜可就是另一码事了！

这样，先是点心。我快速地纵向切开它，因此我一下子就有两块点心了。上半块很漂亮，外面有一层烤后留下来的棕色的硬皮，我先把它放到一边，这是就着面包吃的，下半块我要就着"小硬壳儿"吃，还要就着萝卜沙拉吃。我现在也暂时不去碰水果糖水，省着吃面包片时喝。

这样，"小硬壳儿"吃完了。前半块点心也吃完了，就着沙拉吃的。现在正是最享受的时候了。我小心地在一块白面包上抹了洋姜，这是让面包沾上姜的味儿，然后把点心放在上面，顺便说下，巴什卡或托利克总是把面包片放在上面，然后再抹上洋姜、沙拉酱或者芥末。他们懂什么，这样就整个儿给毁了！

我在椅子上向后靠了靠，然后咬一口面包。哇！就应该是这个味儿！

然后我想了想，用最快的速度朝窗户驶去。我把面包片放在窗台上，然后回来拿水果糖水。这可就得费点力了！一只手是没法转轮子了。当然了，可以转……只是在原地转。得用两只手。那么水果糖水放哪儿呢？杯子可不能自己走啊。应该要设计一个把手，把它固定在轮椅上！放杯子用的。

去窗台大概花了我五分钟左右，走的路线呈人字形。也就是这样：把糖水放到左手，用右手去转轮子。稍微转一点。轮椅自然会朝一边移点，但不是很远。现在把杯子放到右手，开始转左轮。轮椅会朝另一边转点，这样就前进了，我就是如此走到窗台前的。

"真强大！"我知道这是瓦利卡说的。

"区区小事，"我不耐烦地说，"还有正事！"

把糖水喝完了。我应得的糖水。已经不再面对着病房的墙，而是往外看。

外面自然没什么特别之处，只是医院的院子。供热管道穿过庭院中间的长草坪，它的两边是宽阔的马路。草坪上坐落着长椅，氧气罐呈网状围在墙边。路上停着车，这些车时不时需要来医院，比如装食物的卡车，那儿刚好是卡车出口通道。好吧，我是这么叫它的，因为正确的官方叫法应是——我也不知道。我总是忘记问：知道出口通道的名称也不是生活所必需的东西。把面包师和野猪区别开要比这有用得多，哪怕如果你流落到无人岛上，你也知道什么可以吃。

可这都是夏天的情况，现在这个出口通道只是马路加雪堆。高一些的雪堆是垃圾箱，低一些还要长一些的是长凳，而最长最高的自然要属管道。还有两棵树矗立着，黑黑的树冻得瑟瑟发抖。还能看到对面楼的窗户，窗户里闪烁着灯光，吸引着人们的目光，可我却不想朝它们看。那边也是医院。瞧那卡车，它正在卡车入口通道旁卸载货物，这才是正事！它刚刚才到，可能是从城市另一端过来的。

司机站在敞开的门旁抽烟，袅袅白烟向上空飘去。看着烟我又吃了一口面包。可以把它想象成从山谷里流淌出来的一堆含有硫物的泉水，我吃着三明治并休息着，同时还想着开采硫酸的方法。哎，可惜，没有第二块面包，要是有的话，可真就是三明治了！

教我做三明治的是我的姐姐亚历山德拉。最好的三明治是夹醋渍黄瓜和肉饼。哇，真美味！

"卡什金，你还在嚼？"我耽于幻想却没发现卡佳·瓦西里耶夫娜进了病房。差点没因为受惊吓而噎死。

"卡什金，你瞧，"她继续说道，"你都没法坐进轮椅了，你长胖不少！"

她一贯爱这样开玩笑。我一点也不胖。这么说吧，不瘦，正常体形。

"快点吃完，卡什金，过来，"卡佳·瓦西里耶夫娜又开始说话了，"你要躺在床上了，根据安排你现在要打点滴了。"

"需要很久吗？"我慌张地问道。

"要滴到你结婚时，"卡佳·瓦西里耶夫娜笑了起来，"来吧，来吧，躺下！"

当我躺下后，卡佳·瓦西里耶夫娜把针扎进我的手臂，为了让针不从静脉"跑走"，她用两条胶布把针粘了起来，我再次确认道："要很久吗？"

卡佳·瓦西里耶夫娜调整了夹紧器，并用指甲敲了敲过滤瓶。

"三个小时左右，"她用正常的声音回答道。可她马上皱起眉来，如此的严肃，"可得当心点，卡什金！要是你突然想要把夹紧器开到最大，让它滴快点的话，最好现在就承认，我把你另一只手绑到你屁股上去！"

"当然不会啦！"我懊恼地嘟哝道。

哎，现在要躺三个小时了！

不过终究会结束的。只是很可惜，没法正常睡觉了，插着针可不能乱动啊，当我就要睡着时，突然开始担心我会翻身。不过我知道，我的石膏腿搭在"小山丘"上，这可没法翻身，可以睡……但我还是不能！

正好午后点心给送来了，是橘子。这可是新年啊！我一下子就要了四个，橘子又是比人多。人们纷纷回家了，这可以理解。没什么，明天会诊时安德烈·尤里耶维奇就会让我出院了！

把几块橘子皮放到高高的"小山丘"上后，我开始思考了。做什么呢？不想画画，读书呢……我看看了自己床头柜，好像那儿会长出新书。就像蘑菇一样。可是并没有，书都是旧的，虽然都挺厚。关于夏洛克·福尔摩斯的，关于骑士和十字军的，关于喋血船长的，自然还有《神秘岛》，这些书我都读过几百万遍了。

所以也没什么可以读的。或许去大厅里看电视？现在刚好过了休息时间，饭前会打开它。所以我转了身并驶过去。可我并不走运，电视里放着愚蠢的电影，某个悲剧。谁会在新年前夕对悲剧感兴趣？！

可在电视机旁巴什卡找到了我。

"去下跳棋吗？"他问道。

"好的，"我说道。

这样，晚饭前我们就钻进了跳棋。

当我回到自己病房时，瓦利卡·杜别次已经不在了。他的床被铺得很好，东西也都很整齐地收进了床头柜。

"他爷爷来接他了，"送来晚饭的玛莎阿姨解释道，"哇塞，真是个体面的爷爷！是个将军！"

"真的是这样吗？"我怀疑道。

杜别次有个将军爷爷?!

"的确是将军!"玛莎阿姨说道,"真正的将军!佩戴着勋章,毛皮高帽可真帅!"

她还比了比帽子的大小。

"'凭条'带走了,"玛莎阿姨继续说道,"一直到节后。之后会回来继续治疗直至康复。"

现在明白了。我们的人经常这样被父母带走,留下收条,万一发生了什么,立马就回来。每逢节日或者哈巴罗夫斯克的奶奶来时就把我们领回家。哎,要是明天的会诊来得快一点就好了!

完全是晚上了,大约九点,巴什卡走进了我一个人住的病房。

"走吧,"他说道,"津琴科唤咱们过去,他让我们今天去他那儿一起喝点茶。"

津琴科真的有茶。我说过,所有人都喜欢他,总是会给他茶。他的茶可真好!津琴科还有装在锡箔纸里的烤鸡!锡箔纸被打开了,就像白银石棺一样,从那儿飘出的香味充盈着整个病房。桌子上还立着土豆。煮的土豆已经有点凉了,它们被放在搪瓷盒子里。白白的、油油的土豆上撒满了茴香和蒜!还有香肠!还有盛在容量为一升的罐头里的拌凉菜!

"快飞过来吧，卡什金！"津琴科邀请道，并挥舞着紧紧握住鸡腿的手。

俨然一个友好的食鸡土著部落领导。

"啊！"我说道，"哇塞！我就知道！"

然后我想起了某件事便说道："我的冰箱里还有醋渍番茄。需要拿来吗？"

"都拿来吧！"津琴科命令道。

于是我拿来了。我的番茄还剩五个，还有洋姜。把所有剩下的都拿来了。好吧，现在一切都显得很公平，现在没人会说我坐享其成。可以全身心地扑向鸡肉了。

我明白这一点！哟嗬！我喝了口茶，吃了块鸡肉。茶在壶里都凉了，当我跑去拿番茄时还是温热。很清凉。"薄荷"茶①，绝对是！跟斯密特工程师和其他殖民者喝的一样，因为它可以让人感到一丝清凉！还有鸡肉！松脆的皮。可以很容易想象，这并不是鸡肉而是野味！这个……啊！比如，美洲蜂鸟。怎么了，它也是鸡家族的一员！

"哎，"津琴科深呼了一口气，"要是有一杯啤酒就好了！"

"要什么啤酒？！"新来的护士斯维特卡刚好走了进来，"我要给你们点颜色瞧瞧，还啤酒！现在我就要把你们赶回

① 北美印第安人部落喝的茶，采摘自马薄荷花。

各自的病房！"

我跟巴什卡静了下来，可津琴科甚至一点也不害怕。

"斯维特奇卡①！"他用谄媚的声音唱道，并合起手，就好像马上要祈祷似的。"我亲爱的！请不要指责，能不能给我们从厨房里取些面包来？"

"你，津琴科，你完全忘了自己是谁！"斯维特卡哼了一下便走了。

只是她红色头发的尾巴在门口晃了一下，简直就像狐狸的一样。

"马上就要来赶我们了。"巴什卡吸了口气道，整个人都被凉菜弄脏了。

"别害怕！"津琴科递了一个眼色，"跟我在一起是不会被赶走的！"

从我身体里分裂出两种愿望。一方面，这儿的一切都是这么棒、这么美味，可另一方面，我希望达维德·伊戈尔耶维奇或者甚至是安德烈·尤里耶维奇进来，那么津琴科可是首当其冲要受惩罚的。那时看他会怎么样！

可达维德·伊戈尔维奇和安德烈·尤里耶维奇现在可能已经在家里睡觉了。斯维特卡却又来了。拿着面包来的。我

———————
① 斯维特卡的昵称。

们用鸡肉和番茄招待了她，为了不让食物滴到工作服上，她可笑地噘起嘴唇吃着。当护士的举止像正常人一样，而不是像护士一样的时候就很好。

有美食与好友相伴，我们的殖民者一直坐到了深夜。

# 第九章
## 关于公羊和摩弗伦羊

星期二。我们这儿星期二意味着什么？星期二是"教授巡视"日！会诊也安排在星期二——这使我开心。现在安德烈·尤里耶维奇正在巡视病房，他会检查我们所有人，自然也会允许我出院。他不可能看不到我一切都正常！

"教授巡视"可是件重要的事。每逢星期二就连早餐车都走得比较快，并尽量不在走廊里发出叮当声。因为我们病人在巡视前应该吃饱并洗漱完毕，应当看起来体面。所以护士们边跑边叫道："卡什金，我的小祖宗哎，你的梳子呢?！你头上是什么情况，鬼在你头上举行过婚礼?！"我这只是举个例子。因为现在我头上什么鬼也没有，我进医院不久前刚理完发。当然了，并不是特意为了医院而理发，只是碰巧而已。

早餐后我又去洗漱了一次（万一油渍留在下巴上可怎么办），然后又坐到了床上，等待着巡视。在空空的病房里可真煎熬！甚至都没人可以说上话。读书吧——也读不进去。因为如果读书的话，就会有一种文艺的心态，你会像夏洛克·福尔摩斯或者喋血船长一样思考问题……让他们来解决我们的问题多好！让他们中的一个来试试让安德烈·尤里耶维奇相信我是完全健康的。好吧，几乎是健康的。他们各自有其他的问题，不知道谁的更难解决一点。比如，喋血船长自己给自己看病，他想的话，可以让自己在需要时出院。要是我也能这样就好了！暂时还是把阅读放到一边吧。它并不总是恰好有用。不，此刻最好还是用自己的智慧来想办法。

我还在坐着，整个人极为不安。等了很久了！我能听到巡视员如何从一个科室轮到另一个科室。他们进了二号病房，进了三号……终于走廊里的嘈杂声越来越近：安德烈·尤里耶维奇走进了我的病房。

"尼古拉！"他再次很大声地从门口就向我打招呼，"早上好！你不反对为科学服务吧？不反对？好吧，这就好，我要把你展示给我的学生。他们也很感兴趣，人怎么能够在平地上完成双重位移！有趣吧？！"

安德烈·尤里耶维奇身后进来了一群穿着不合身的工作服的人（自然是大学生），他们喃喃低语道，"是的，教授，自然很有趣！"可教授却没听到他们说的，他还在介绍我的情况，我是如何病的以及其他一系列故事。我呢，并不反对！如果是为了科学。

大学生们看着我，我也看着他们。很令人吃惊：他们以后怎么会成为医生！比如达维德·伊戈尔维奇。简直无法相信，他曾经也是学生，或者伊莲娜·尼古拉芙娜，或者甚至是安德烈·尤里耶维奇！可学生……

当安德烈·尤里耶维奇还在介绍我的情况时，我一直看着学生们。您知道他们与现在的医生最大的区别是什么吗？是手！我只是现在才明白这一点。医生的手是如此镇静，不会乱动。如果医生检查我的腿或者手，那么他总是会按对地方，按到我最疼的地方。可大学生不知道手该往哪儿放，有的放在工作服口袋里，有的交叉在胸前，有的挠鼻子……他们的手都很忙。

虽然我在想着这一切，但最重要的事我也没忘记，就是让安德烈·尤里耶维奇明白，我几乎是健康的。当然了，是几乎，因为石膏毕竟还没拆……可难道我不能在家里坐轮椅吗？！家里只是厨房比较难进而已：厨房门比较窄，但还是可以进的，可以锯一锯，或者再想想其他的办法，主要是他们让我出院！

"安德烈·尤里耶维奇，"当他们几乎要离开时，我才下定决心问道，"额……"

"我现在什么也没法说，尼古拉！"安德烈·尤里耶维奇吼道，就好像我离他有一百米的距离。不过他总是如此，"今天你的主治医师将在会诊上作报告，那时我们自会决定。"

"可……"我又开始说道。

"两点，"安德烈·尤里耶维奇简短地甩来一句，"两点钟。好了，走吧，走吧，同事们！"

于是他们走了。

两点钟！哎，还有多长时间啊！现在做什么呢？我拿起了一本书，然后放下，又拿起另一本，又放下，开始翻画画本，用健康的那只腿敲打着画筒。做什么呢？！

我驶进了走廊，看到了我们中间谁的父母。好吧，我完全不认识他们这些人，为什么要认识呢？很明显，如果手上拿着大衣并站在医生办公室旁，那就可能是父母！他们来接孩子，现在是在等"教授巡视"结束。就是它！就是它妨碍我平静地生活！应当给妈妈或者亚历山德拉姐姐打电话，让他们也来等着！为了能尽快回家！否则一会儿去那儿，一会儿来这儿，这样到明天之前都走不了！

幸好此刻伊莲娜·尼古拉芙娜正好从医生办公室走出来，我立马求了求她，然后打了电话。三分钟内完成了一切！到两点之前我们还有很多时间，我们的时间非常多……

"科利①！"巴什卡也从自己病房走了出来并发现我在原地兀自转着，"我们现在是什么情况，还要不要画岛了？！"

是的，巴什卡说得对！岛！否则现在我会焦急死的。

"在方格纸上画？"巴什卡确认道。

---

① 尼古拉的昵称。

可以看出，他是多么想在方格纸上画画。可我严厉地说：
"不。万事各有其时。我们只在方格纸上画最终版本。我们
到现在还没决定岛上有什么呢！"

"对，太对了，"巴什卡说完挠了挠头。"岛上有什么呢？
额，我指的是岛上应该有什么呢？"

"我们先去坐下吧，"我提议道，"为什么要在走廊中间
杵着？"

我们走到窗户旁边，沙发在那儿。只是我们自然没有坐
在沙发上，我依旧坐在轮椅上，巴什卡坐在窗台上。

窗外是冬天的景象，一切显得灰蒙蒙的，过一段时间之
后白天的灰暗要变成夜晚的灰暗。要是快点就好了，冬季的
白天你总会觉得自己糊里糊涂的，没有太阳，光线少……晚
上好歹有路灯在照着：彩灯。特别是现在，新年前夕。任何
灯火都显得如此耀眼，如此具有节日氛围，甚至汽车的红色
停车信号灯，也像是新年枞树上的彩灯。

当然了，路灯还没被点亮。是的，怎么会有路灯，如果
距离午饭时间还有非常多的时间。距离下午两点：简直……

"怎么样？"勉强坐在窗台上的巴什卡说道。

"不怎么样！"我嘟哝道，"你催什么？你自己难道没什
么想法吗？"

巴什卡又挠了挠头。

"有，"他说道，"想法是有的。只是我不知道岛上需要什么。"

"需要什么？"我问道，"斯密特工程师和他的同志们有什么呢？"

"额……额……"巴什卡拖长声说道，可以看出，他很努力地在回忆，"他们有猎场！"

"对的，"我同意道，"我们需要森林，一定需要。还有河流！还有小溪！"

"对，"巴什卡说道，"还有什么？"

我陷入了沉思。

"还需要什么？"巴什卡再次问道。

"我们需要畜栏！"我最终说道。

"什么样的国王①？"巴什卡没明白。

"是畜栏，不是国王，蠢货！"我说道，"是用来圈养摩弗伦羊的！"

巴什卡挠了挠鼻子，我明白，他这是努力回忆，摩弗伦羊是什么。他终究还是蠢货，只读过一次《神秘岛》，然后就一直在看关于这些史前骑士的书。

---

① 俄语中"畜栏"与"国王"发音相似。

"摩弗伦羊，"我重复道，"山里的公羊。"

"好家伙！"巴什卡突然生气道，"我不要养公羊！夏天我住在卡拉干达的斯拉瓦叔叔家，那有很多公羊。你知道吗，他们臭味很大！"

我生气得差点跳了起来。没有公羊——怎么可能！从哪儿弄小殖民地生活所必需的羊毛，它可是制造暖和外衣必不可少的?！

可巴什卡的犟劲来了，怎么也不肯让步。他很自命不凡。这才五年级，怎么如此自大！不过，好在关于含氮矿床和钾盐矿床他并没有跟我争论，否则我要把他碾成薄饼。

"卡什金，绍斯，你们是什么意思，需要单独来请你们吗?！"这是莉娜·彼得罗芙娜在说话，"回自己病房吃午饭去，快点！"

于是我们分开去吃午饭了。

我焦虑到几乎没发现我吃的是什么。罗宋汤和肉饼加土豆泥。还有黄瓜加土豆泥。什么水果糖水，已经不记得了。如此焦虑，因为时间已经接近两点了！

这会儿正好妈妈和亚历山德拉姐姐来了。我在走廊上看到她们，我自然是一下子就跑到她们跟前等着。这个会诊什么时候结束?！

然后伊莲娜·尼古拉芙娜出来了，她走向我们，我立马就明白了，情况挺糟糕。

我甚至不用听，我都已经知道了。"复杂的双重位移""有触到大动脉的风险""至少要两周后拆石膏"……有什么好说的，如果我已经明白情况挺糟糕。

我只剩下最后一丝希望了，我拽了拽亚历山德拉的衣袖。她一下子就明白了。

"如果我们'凭条'把他带走呢？"亚历山德拉姐姐直接问道。

伊莲娜·尼古拉芙娜刚刚很郁闷，现在我觉得，她简直很想躲回医生办公室。

"您知道，"她小心地说道，"非常不建议尼古拉的腿移动。非常！这会使病情复杂，而轮椅……"

她摊开了双手。我简直没法相信我的耳朵！

"如果坐出租车呢？"妈妈问。

伊莲娜·尼古拉芙娜只是吸了一口气。

这时安德烈·尤里耶维奇唤她过去，可能为了不看我，她立马就跑了回去。可我依旧坐着，无法相信这一切。

你不能出院——是可以理解的，甚至可以认为这对医生来说更明显一点。可是当你因为石膏，因为愚蠢的石膏没法坐进汽车，进而不能回家过年的时候！

可能我那时稍微有点失去意识，妈妈和亚历山德拉姐姐在我旁边忙乱了一通，妈妈把装馅饼的袋子塞给我。她从街上带来的，可现在我不会上街了。不会！

我就这样坐着，直到亚历山德拉姐姐突然抖了一下，似乎是想起了什么，用尽全力才拖走妈妈。她们走了之后，我才苏醒过来。几乎。我把袋子放进了冰箱，自动地，让它不要干扰我。

我去找巴什卡了。要知道总得去个什么地方吧。

巴什卡正在穿毛衣。

"哇，国王来了！"他开心地叫道，"向摩弗伦羊问好！现在高沙叔叔就要来接我了，因为过节就让我出院了！"

我气得都没能叫出声，能从叛徒那儿得到什么？！

"你自己，"我冷冷地说道，"就是卡拉干达的公羊！"

然后我就驶进了走廊，在廖瓦·津琴科洪亮的笑声伴随下进了走廊。这个人只会放肆地大笑……

窗外的路灯已经点亮。一辆汽车红色的前灯给我使了个眼色，然后便消失在房子后面了。这就是夜晚。这就是新年……


出乎意料的灾难像闪电一般，它猛烈地打击着辽阔大洋上孤零零的殖民地。

# 第十章

## 蝶与星

　　好吧，这就是夜晚，新年的夜晚。新年的，全是废话……病房里很快就黑了，可我并没有开灯。已经无法再看这个病房一眼了！可医院里没人会问，你想看什么，不想看什么。莉娜·彼得罗芙娜走了进来，按了下开关。不过好在她并没有问："卡什金，你怎么了？"她自然不是不怀好意的护士，而是善解人意的。

　　可现在坐在病房里显得格外郁闷。如此空荡荡的。六张床，只有一张床上堆着被子。我的床。其余的不是任何人的床，都是空的。甚至都分辨不出哪一张是瓦利卡·杜别次的，虽然他刚走没几天，很快就会回来。但就床而言是看不出来的。就好像他永远地走了。当然不是永远，他的练习本还跟弹簧躺在一起。要不去看看他一直在写什么？

　　好家伙！我不会去看的。不想看。什么也不想做。

　　我转了转身，驶进了走廊。走廊里充满了灯光，可这很正常，这儿的灯总是亮着。

　　哎哟，这是什么情况？！为什么大厅里没有灯光？！灯光是有的，可是显得有点古怪。只有当我几乎进了大厅时我才猜到。新年枞树！我真是笨！新年枞树上挂着彩灯！一串一串的灯！因此把顶灯给关了。医生和护士自然是在值班，但毕竟还是应该有点节日氛围的。

是的，节日……对所有人来说都是节日，可对我来说……为了不看这棵愚蠢的枞树，我几乎已经转身了，可突然间看到了一个小女孩。她坐在大厅的沙发上，在枞树后面，几乎看不见她。她在这儿做什么？我们这一楼可不住女孩子的啊，我们的病不是女孩子能得的，这是男人的病。她们全都在五楼，甚至比我们人还多，比男人多。这个女孩是忘了什么？

"你是五楼来的吗？"我驶近了问道，"你们那儿难道没有新年枞树？"

"不是，"小女孩有点慌张地回答道，"我……我们是三号病房的。我跟叶尼亚是今天刚来的。"

哎哟！原来她并不是小女孩！我直到现在才仔细看了看。这是"妈妈"啊！好吧，她和儿子一起住院。见鬼了，我突然想快速地跑回自己病房，坐在加速器上回去。遇到这事！

"教授现在正在检查叶尼亚，"这个令人费解的小女孩妈妈继续说道，我突然发现她差点哭了出来。"他得了关节……"

"难道是关节腔出血症？"我嘟哝道。

我并不想嘟哝，我想尽快摆脱这儿，可我确实嘟哝了。

可能结果还很可怕，因为她颤抖了一下。

"这是小事，"我说道，我只是为了说些什么，"我之前得过好几次！每年要十次左右！没什么，我还活着！你看，我的腿，当时很可怕，可现在说过两周就可以拆石膏了！"

"叶尼亚也打了石膏。"她说道。

"你们难道是第一次来？"我说道。

这个女人点了点头，不，她还是有点像小女孩！

这时传来了安德烈·尤里耶维奇的声音，你不会把他的声音跟其他人的弄混淆。

"伊琳娜·亚历山德罗夫娜，您行行好！您在哪儿？"

这个女人，也就是伊琳娜·亚历山德罗夫娜，迅速地从沙发上站起来，然后跑进了走廊。像个小女孩似的。我也往那儿走了（反正也没事做）。

当我驶近三号病房时，我看到安德烈·尤里耶维奇是如何同她说话的：在角落里的窗台附近。他俩一起看上去很有趣：安德烈·尤里耶维奇几乎比她高一倍，也比她胖，他俯瞰着她，就像起重机一样，港口起重机，两百吨左右。

我驶进了病房，并不驶近安德烈·尤里耶维奇，否则他会认为我是有意在他眼前转悠，为了使他怜悯。可我并未有意去做任何事！因为，首先这并不会奏效，我难道还不知道安德烈·尤里耶维奇吗？其次……哎，现在转还有意义吗，离新年只剩下七个小时了。什么意义也没有了。

我驶进了三号病房，就好像我是特意进来似的。难道我不能进隔壁病房吗?！可以，完全可以！于是我这就驶进去了。

这里也几乎是空荡荡的，只有两张床被使用了。科斯佳·帕尔希科夫我早就认识了，虽然我们并没有特别交流过。第二张床上坐着一只腿上打了石膏的胖小孩，他可能只有四岁，或者甚至只有三岁，我对这样的胖小孩并不是很清楚。

他坐着，看着我。他的双眼睁得圆圆的，就好像这辈子没见过轮椅似的。可能真没见过，什么样的人都有。没什么，他会看厌的。

"你是叶尼卡①？"我问道。

就这样坐着不说话可不太好。

他点了点头。

"任卡，"他终于回答道，把重音放在"任"上。"俩!"并伸出了两根手指。这是什么意思，他难道只有两岁?！

"俩!"叶尼卡又说了一遍并指了指我轮椅的轮子，"它也是俩!"他又指了指轮子。

十分正确，两个大轮子和两个小轮子。

_____
① 叶尼亚的昵称。

"它也是俩！"叶尼卡继续说道，并指了指我的石膏，也指了指自己的。

"俩。"我笑着说。

叶尼卡满意地点了点头，很明显他很开心，我这样的成年人不会跟他争辩。他是个严谨的公民。他是这么认为的！

然后我和他在病房里坐了一会儿，不是很久。然后我又走了。我在走廊晃悠，回病房，又回走廊……来到那棵新年枞树附近。新年枞树立在那儿，小灯闪烁着，沙发旁的小桌子上有谁在那儿（原来是玛莎阿姨，还能有谁），我把盛有橘子的盘子放下，这是午后点心剩的。科室里没剩几个人了，可医院给每个人都订了橘子，每人三个。它们现在就躺在枞树下医院的蓝边盘子上。

没什么可做的。

我拿起橘子（可别弄丢了），开始剥皮，我把橘子皮放在边上。这个伊琳娜·亚历山德罗夫娜又来了。

"叶尼卡睡着了。"她说道，虽然我什么也没问。

我点了点头。让他睡吧，会变得更健康。现在伊琳娜·亚历山德罗夫娜平静点了，也许是安德烈·尤里耶维奇使她平静下来的。与他交谈后所有的妈妈都要平静点，我早就发现这点了。

伊琳娜·亚历山德罗夫娜坐到沙发上，她也拿了橘子。慢慢地剥，很小心地剥，我甚至都看得入神了。剥橘子有什么难的？可她剥完了却把果肉放到一边，把皮摊在膝盖上，直接放在自己蓝色裙子上。皮居然是完整的！一整块！这就是她为何剥的时候如此小心翼翼！

"蝶。"伊琳娜·亚历山德罗夫娜说道。

她如此轻声地说，似乎是在告诉我一个很重要的秘密。我刚开始没懂。因为它完全不像"蝶阀"。"蝶阀"不过是细细的针拖着长长的细管尾巴。它正适合用来打点滴，比较方便地贴在手上，甚至几乎都不疼。好吧，几乎。

可这……然后我仔细看了看，的确是的！蝶！真正的蝴蝶①，能飞的那种。欧洲粉蝶或者荨麻蛱蝶……柑橘凤蝶！我的脑子完全已经向这家医院靠拢了。"职业病"，亚历山德拉姐姐是这么说的。

蝴蝶躺在素蓝色的布上。当然了，稍微有点歪，可依旧是真正的蝴蝶。柑橘凤蝶。

"真不赖！"我说道。

我非常想说"好棒"，可不能对成年人说"好棒"：他们会一下子失去幽默感，然后开始教育我们。可我并不想被

---

① 俄语中"蝴蝶"一词还可指打吊水用的蝶阀。

教育, 我还想要蝴蝶, 或者其他这类东西。

很有意思, 我能做到吗? 好吧, 并不是一下子就要剥出蝴蝶, 而是先剥出完整的一块皮? 应当试试!

我拿起橘子开始剥皮。原来这很难! 它, 橘子皮, 可真愚蠢, 老是会破! 于是我不断地受折磨, 可怎么也剥不出一个蝴蝶来。剥出的是这样的……中间是一个圆, 从圆甚至延伸出五条尾巴。

伊琳娜·亚历山德罗夫娜看到我如何努力保护橘子皮后拿起了我剥的皮, 并在手里转了几下, 然后放到自己膝盖上的蝴蝶旁边。

"海星。"她说道。

我转了转头。橘子皮的确像海星, 尤其是当它躺在蓝色裙子上时。裙子像海一样, 而在海上……见鬼! 啊呀! 我聚精会神地看了看橘子海星。这并不是星! 好吧, 是星, 但不仅仅是星! 儒勒·凡尔纳关于他的神秘岛写了什么? 岛 "像某种奇异的睡在太平洋海浪中的生物", 就是这么回事! 橘子海星拖着离奇的、弯曲的触须睡在素蓝的裙子上! 岛! 就是该这样画岛!

"伊琳娜·亚历山德罗夫娜, 我, "我结结巴巴地说道, 因为我不知道该如何解释。"我……我, 简单地说, 要, 我要走了，就是这样！"

我一下子抓起了星星，小心地用大腿把它压向轮椅一侧，这样它就不会因为我加速而掉下来，然后我就飞奔回病房。岛！我知道该如何画岛了！

病房里我猛地拿起装方格纸的画筒，但我陷入了沉思。镇定！首先要在画画本里试画，万一呢！我一下子就找到了画画本，我也很快地选出最尖的铅笔。然后把橘子海星（睡在海浪上的奇异的生物）附在画画本里面的纸上，就开始描了。我俯下身，几乎贴到了纸上，一股强烈的、苦苦的橘子味溜进我的鼻子，可能岛会发出这种气味。

描完了，我小心翼翼地收起橘子皮。还会用到的。然后我看了看我的岛。是的，这就是它，我看到了。

我看到了龙湾：长长的、曲折的海湾拥有着锋利的海角和悬崖，它们威胁着每一位不小心的海泳者。就像一条巨蛇从岛中心火山口的洞穴里爬到这儿一般。

还有火山！火山也应当有！就在岛中央。这小巧玲珑的东西是用橘子画的。我单独画了它，还有圆圆的火山口。

这个宽宽的、有点像铁锹的东西是海狸半岛。海狸的尾巴有点像铁锹，因此称该半岛为海狸半岛。半岛上应当有稠密的森林，森林里应以阔叶林为主，地形主要为低洼沼泽地。一定要这样。

右边，也就是岛的东边，是鱼湾，玄武岩城堡的窗户正对着它……这就是我的岛！应该给巴什卡看看！

这会儿想起，巴什卡已经不在医院了。离开了。去迎接新年了。可我……

　　乌黑的绝望像可怕的尘雾笼罩在小殖民地上空，它最终可能会毁灭一切美好的事物，这些美好的事物是在与恶劣环境斗争的过程中形成的。

# 第十一章
## KUNG 岛或石膏腿上的皮帽

鼻子里开始发痒了，我甚至可能差点哭了起来。我又看了看岛。然后我开始对自己生气了。"不要再哭哭啼啼，卡什金！"怒火直接占据了我，真恐怖。我突然想象着，无人岛，世界上最美好的无人岛，岛上有刺鼠、南美野猪、月见草和摩弗伦羊，有黄铁矿和磁铁矿，有鱼湾和龙湾，这可是无人岛！无，人，岛！所有的人，所有的亲人，妈妈、爸爸、亚历山德拉姐姐还有我们去别墅拜访的谢廖沙叔叔都离得很远，非常远，在大洋的另一边。他们中没有一个人会来。

因为他们在那儿，而你在这儿。命运就是如此。

"所以，卡什金，我们会痛哭，饱含泪水?！如果暴风雨来临了呢？大洋的这一部分可是以频繁的暴风雨闻名啊！"

我突然想了想，这一切都没什么。只不过是暴风雨而已。你又能怎么办呢，不得不坐着等待，等待厚实墙外连续阴雨天的结束，可以用茶暖暖身，预先储备着食物，为自己的远见而高兴！好吧，然后当这愚蠢的石膏被拆除后（只剩下两周了），就可以过新年了。旧历的新年。对我来说便是新的一年！

顺便说下，这真是个好主意！如果我们在某个其他可怕的时间被抛弃在岛上怎么办?！好吧，如果我们来自我们正常的"此刻",而在 21 世纪的某处,时间学院里的某样东西出故障了,就像吉尔·布雷乔夫[①]笔下一样,我们于是(一下子)偶然地转移了!这需要深思熟虑,这样的主意……或许我也去写本书?当然不,书是作家写的,而不是我。我现在只是在思考,巴什卡回来后,我告诉他这些。只是开始要先折磨下他,让他因为摩弗伦羊的事道歉吧,不幸的公羊!

我"砰"的一声合上了画画本,然后靠到了椅子后背上。生活还在继续。今天莉娜·彼得罗芙娜可能会允许我们夜里看电视。还会给蛋糕:我看到了从"食堂"拿到冰箱的蛋糕……顺便说下冰箱的事。要是现在有菜馅馅饼,那可正是时候啊!津琴科可能有茶。我找津琴科去……

可是我没来得及这样做,因为门打开了,病房里飞进了亚历山德拉,姐姐亚历山德拉。

"收拾收拾吧!"她开心地叫道,"我们回家!"

"啊……啊?!"我只会说这个字了。

当然了,这样不是很聪明,可又能怎么办呢?

"我已经跟你们的教授说过了,"亚历山德拉继续道,同时试着给我套上毛衣。"一切已妥!他已经批准了!"

"可……可我没法坐汽车啊!"为了不吓走姐姐我轻声

---

① 原名伊戈尔·莫热伊科,苏联科幻作家。

地说道，可我还是说了，"我不会坐轮椅回家吧！"

"坐着它，"亚历山德拉有力地说道，"回去！"

坐轮椅回去！当亚历山德拉把我的轮椅从那个卡车出口通道推进院子里时（直接在我病房的窗户下），我明白了这一点。当然了，坐轮椅回去！因为我面前并非是普通的汽车，不是！

我面前是一所站在很多轮子上的房子：方方的、木制的房子顶着竖立的铁烟囱。而车本身！这是什么样的车啊！不是"嘎斯"汽车，不是"吉尔"！这些车身边多得是，每天从窗户里都能看到。可这个！"乌拉尔"车！军用"乌拉尔"！军用——自然是因为它是草绿色的。当然，就它本身而言，它不可能不是军用的！巨大的三轴车有着大功率的绞车和专门的车架，绞车在散热器前，车身上面有一些天窗。他的轮子比我还高（当然了，我现在是坐在轮椅上），轮子上缠着粗鲁的、凶猛的履带板。这样的轮子可以穿过任何沼泽，可以在任何沼泽地带横行！

"哇塞！"我的惊叹之情溢于言表。

"哇塞得好！"旁边有人回答道。

我看了看，一下子就认出他来了。那个我提过的人。这是那位"工作上的同志"！背着卡宾枪的！"坚实的肩膀"！

"您好，"我说道，"这是您的……小房子？"

好吧，像往常一样。本想说一些庄重的，却说了这愚蠢的"小房子"！

"这是勘察用的 KUNG 型封闭式标准车身[①]，"这位"工作上的同志"有力地说道，"必须把里面整理好，这样你的交通工具就可以进去了，总体上，哪怕现在是去安加拉河也是可以的。"

他竖起了手指。明白了他说的？我明白了。

"科利亚，认识一下，这是谢廖沙[②]……谢尔盖，"亚历山德拉姐姐兴奋地说道，"谢尔盖·瓦西里维奇！他在我们院里工作，并且……"亚历山德拉笑了起来，似乎是不知道该说什么。

亚历山德拉居然不知道该说什么！

"可以叫我谢尔盖，"这位挽救了亚历山德拉姐姐的"工作上的同志"体面地说道，"我来了。应该救人的。"

人指的是我。

---

① "KUNG"是"封闭式标准车身"的缩略语，它是一个封闭的草绿色车身，一般搭载在"嘎斯""吉尔"等底架上，搭载这种车身的卡车有 Gaz-66、Zil-131 等。

② 谢廖沙是谢尔盖的昵称，谢尔盖是大名，在正式场合用大名。此处姐姐先用昵称，继而意识到不安，立刻转用大名和父称。

从驾驶室又出来一个人，他长得像谢尔盖，就像孪生兄弟。只是他有胡子。胡子长得宽宽的、方方的，所以这个人显得很庄重。

"怎么样，准备好了？"谢尔盖问了问大胡子。

我甚至对他指挥大胡子有点吃惊，大胡子看起来特别庄严。

"准备好了。"大胡子的声音一点不体面。声音很年轻。

"好吧，那么来吧！"谢尔盖向自己的搭档指挥道。

"等会儿！"我说道。

我用目光找到了我们病房的窗户。它们现在是黑的。还会怎么样。我要走了！我要走了！

隔壁窗户的灯还亮着。三号病房。在黄色的长方形里我看到了一个黑黑的、细细的身影。然后身影消失了，又重新出现了，分成了两个。一个大一点，一个小一点。我一下子就猜到了，这是伊琳娜，也就是伊琳娜·亚历山德罗夫娜，跟叶尼卡一起。她自然是把叶尼卡抱在手里。我向窗户里的他们招了招手，叶尼卡也招了招手作为回答。他是那么可笑，居然数石膏腿。我本想喊着告诉他，当我回来后，我会给他画只船，八十五只炮的战列舰，不过他反正都听不见。

好在关于馅饼我来得及说。让他们吃了，不要害羞，家里会给我一百个馅饼，或许还不止。我可是要回家的，回家！

"抬吧，抬吧！"谢尔盖又说道。

他跟大胡子非常镇静地（一，二）一齐把我和轮椅抬了起来，并把我抬进了车身。KUNG 里很有意思，有点儿令人害怕却又挺舒适。车身的墙上镶满了木条，几乎到处都是小橱柜、小板凳和小架板。那儿还固定着结实的、工作用的工具，一个锤子立在那儿，可能跟我一般高。

一个大的桌板被推到了角落里，可以看得出来，桌子原先是在正中央的。现在桌子被撤走了，以便轮椅可以爬进来，很符合逻辑。旁边还放置了一堆铁零件，我放腿的"小山丘"。我可是要睡觉的啊，一切都考虑到了！这个谢尔盖真是可靠……好吧，还是叫"工作上的同志"。

他们用黄色的粗绳索拴住了轮椅，这样车在前进时它就不会来回滚动了。亚历山德拉坐在了我左边，并抓住了我的手。她的眼睛在巨大的网状顶灯的照耀下闪烁着。顺便说下，这灯真不赖，在我们岛上的玄武岩城堡里也该挂上这样的灯。它是打不碎的！就是怎么把它们做出来呢？或许可以使个狡计，船只因为不听指挥而发生了海难，然后殖民者在船的货物里找到这样的灯？

谢尔盖把我从沉思中拉了回来。他灵活地跃进了 KUNG

里，"砰"的一声关上了身后的门，从轮椅边上走过去，敲了敲驾驶室的墙。马达开始咕嘟咕嘟地响了。

"走了！"谢尔盖坐到亚历山德拉身边，看着我开心地通知道。

我觉得他现在会提一个愚蠢的问题，这些问题成年人是如此喜爱。好吧，比如"满意吗？"，或者"想回家吗？"

可他突然问道："你会不会让石膏受凉？"

"什么？"我吃惊道。

谢尔盖笑了起来，把头上印有金黑色帽徽的毛茸茸的皮帽摘了下来，然后把它戴在我的石膏腿上。帽徽开心地在灯光下闪烁，就像是我又长出了一个头。

一月三号回来。可这已经是明年了！这么久远的事我没法预想。有什么意义？我们反正都会在那儿遇见。巴什卡也会回来。他会因为摩弗伦羊的事受到惩罚！那儿还会有图鲁汉诺夫，还有可笑的叶尼卡，或许在卡累利亚奶奶家的谢雷会把自己身上某处弄折了。并不想这样，可是早晚会……今天还在跳舞，明天就躺下了。正如安德烈·尤里耶维奇所说。不过这一切都是之后的事，一年之后的事。而现在，现在可是新年啊！

KUNG 在路上有点颠簸。我皱起了眉。

"亚历山德拉，我的画画本在你那儿吗？"我突然想起来问道。

"在我这儿，在我这儿，"亚历山德拉姐姐安慰道，"在包里。到家了你再拿吧。"

"我要在上面写些东西。"我说道。

"回家再写吧。"亚历山德拉回答道。

我说过她有什么样的原则吧？钢筋混凝土一般的！

不过它不重要，我能忍到家。不过我现在知道该给岛取什么名字了，"KUNG 岛"，听起来怎么样？

KUNG 正在回家。KUNG 把我带回家。

我环顾了四周，可惜这里没有装着卡宾枪的、有棱角的黑色套子。真不走运！不过没关系，当我回去后，我可以向巴什卡撒谎，说有卡宾枪。它真的是放在 KUNG 里吧？

或许我不会撒谎。

这样也挺好。

比如要是有卡宾枪，那当然……

## 图书在版编目（CIP）数据

祖母绿色的鱼：病房里的故事 /（俄罗斯）尼古拉·纳扎尔金著；刘晓敏，张杰译.
北京：中国国际广播出版社，2016.10
（中俄文学互译出版项目·俄罗斯文库. 少年文学丛书）
ISBN 978-7-5078-3879-4

Ⅰ. ①祖… Ⅱ.①尼…②刘…③张… Ⅲ.①儿童小说—短篇小说—小说集—俄罗
斯—现代 Ⅳ.①I512.84

中国版本图书馆CIP数据核字（2016）第187290号

Изумрудная рыбка: Палатные рассказы
Мандариновые острова
Copyright ©Николай Назаркин
Simplified Chinese Translation Copyright © 2016 by China International Radio Press
All rights reserved.

《中俄文学互译出版项目·俄罗斯文库》由中国国家新闻出版广电总局和俄罗斯出版
与大众传媒署批准，中国文字著作权协会和俄罗斯翻译学院负责组织实施。

## 祖母绿色的鱼：病房里的故事

| | |
|---|---|
| 出 品 人 | 宇　清 |
| 策　　划 | 王钦仁 |
| 统　　筹 | 张娟平 祝　晔 李　卉 |
| 著　　者 | ［俄］尼古拉·纳扎尔金 |
| 译　　者 | 刘晓敏 张　杰 |
| 责任编辑 | 李芬芳 李　卉 |
| 版式设计 | 国广设计室 |
| 责任校对 | 徐秀英 |

| | |
|---|---|
| 出版发行 | 中国国际广播出版社［010-83139469　010-83139489（传真）］ |
| 社　　址 | 北京市西城区天宁寺前街2号北院A座一层 |
| | 邮编：100055 |
| 网　　址 | www.chirp.com.cn |
| 经　　销 | 新华书店 |
| 印　　刷 | 环球东方（北京）印务有限公司 |

| | |
|---|---|
| 开　　本 | 880×1230　1/32 |
| 字　　数 | 141千字 |
| 印　　张 | 7.75 |
| 版　　次 | 2016 年 10 月 北京第一版 |
| 印　　次 | 2016 年 10 月 第一次印刷 |
| 定　　价 | 38.00元 |